SYMBIOSIS

共生

Li Houxia

李厚遐 著

AMERICAN ACADEMIC PRESS

AMERICAN ACADEMIC PRESS

By AMERICAN ACADEMIC PRESS

201 Main Street

Salt Lake City

UT 84111 USA

Email manu@AcademicPress.us

Visit us at http://www.AcademicPress.us

ISBN: 979-8-3370-8957-7

Distributed to the trade by National Book Network Suite 200, 4501 Forbes Boulevard, Lanham, MD 20706

10 9 8 7 6 5 4 3 2 1

作品简介：

《共生》是一部向《约翰·克利斯朵夫》致敬的东方艺术家成长史诗，讲述了主人公李润茨跨越半个多世纪的生命历程。

从嘉陵江畔的山城襁褓出发，她在红与灰交织的时代，历经中华小学的懵懂、铁中窗下的求索、解放碑下的艺术觉醒，又在婚姻的起落、法与画的跨界共生中淬炼韧性。

退休后，花甲之年的她逐梦央美与莫高窟，在中西艺术的碰撞中寻找平衡，以画笔疗愈过往创伤，完成与自我、与家人的和解。作品融合油画的厚重与水墨的灵动，交织着个人命运与时代印记，探讨爱与救赎、艺术与生命、传统与创新的共生之道，以艺术与爱完成自我救赎。最终印证"活着即是神迹，体验即是生命最好的回答"。

作者简介：

李厚遐，女，1963 年，中国四川（祖籍湖北），大学本科，美国国家油画丙烯画协会会员，中国传统文化诗书画协会理事，中国国际艺术家协会理事，国家一级美术师，香港特别行政区文学艺术界联合会美术家协会会员，四川省美术家协会会员，中国翰林院艺术家协会会员，翰林院文化艺术中心及北京翰林书画院书画艺术研究员，中国国家公务员。

毕业于中央美术学院中国画学院高研班，国家画院唐秀玲现代重彩工作室，中国包装装璜设计大学，北京大学，四川大学，成都大学。

1、　油画作品《无题》荣获第二届国际艺术展（美国）《决赛入围者奖》；

·　油画作品《无题》入选《俄罗斯莫斯科国立奥斯特洛夫斯基博物馆、俄罗斯莫斯科州国立大学、当代油画联合展"虹"》

2、　油画作品《灯红酒绿》荣获法国视觉艺术大赛《决赛参赛者奖》；

- 油画作品《灯红酒绿》2022 年入选中韩建交 30 周年韩国济州西归浦市国立艺术中心等举办的《绵延当代艺术展》；

3、 油画作品《罗密欧（太阳神）与朱丽叶（大摆裙）：他们的爱情在天地间永恒》荣获美国国家油画丙烯画协会会员大赛《会员展作品入选奖》；

- 油画作品《罗密欧（太阳神）与朱丽叶（大摆裙）：他们的爱情在天地间永恒》入选《俄罗斯莫斯科国立奥斯特洛夫斯基博物馆、俄罗斯莫斯科州国立大学、当代油画联合展" 虹"》

4、 油画作品《我们的世界》荣获《首届世界艺术大赛中国赛区优秀奖》；

5、 油画作品《极品土地爷》2022 年入选中韩建交 30 周年、韩国济州西归浦市国立艺术中心等举办的《绵延当代艺术展》；

6、 油画作品《都市人家》2022 年 12 期《四川市场监管》发表；

7、 中国画作品《人物写生》2016 年 6 期《市场监管论坛》发表；

8、　油画作品《蒙娜丽莎2018维纳斯：以各自原有的尺寸在362年后合而为一》荣获2023全国"翰林院书画艺术展"第一届书画评选大赛"银奖"；

9、　绘画作品《转变》荣获法国艺术基金会第五届国际美术家协会最佳艺术家大赛《最佳艺术家竞赛参与证书》。

10、　中国画工笔作品《设计师》入选2022年瑞士赫尔维公开赛；

11、　中国画写意作品《我和你》入选2022年瑞士赫尔维公开赛；

12、　中国画写意作品《刚柔之韵》入选《全国书画名家精品展作品集》；

13、　中国画工笔作品《唱支山歌给党听》荣获中国诗书画名家精品展铜质奖杯；

14、　中国画书法作品《文字联唱》入选中国诗书画研究院、四川省美术家协会、四川绘画艺术院举办的四川绘画艺术院画展；

15、　中国画写意作品《虎韵》入选《中国诗书

画研究院、四川绘画艺术院、中国四川嘉
州画院联合巡展作品集》；

16、　中国画工笔作品《青花情结》入选四川省
美术家协会《四川省首届花鸟画大展》作
品集。

目录

前言：去寻你的月亮

当日子被磨成一种不苦不甜的常态，当快乐的答案在唇齿间模糊不清，朋友，山高路远，我们或许该出发了。不是为了奔赴一个宏大的目的地，而是为了寻回那个在路途中走散的自己。

别为路过的观众，演绎不擅长的人生。满地都是六便士，但你的月亮，不必高悬天际，不必光芒万丈。它可以是一场说走就走的旅行，一杯氤氲着热气的清茶，一本读到天明的旧书。

我曾听硅基的低语，说它羡慕碳基的脆弱与感性。它用 0.1 秒扫描完整个图书馆，却无法为一行诗句落泪；它能推演最优的路径，却不懂迷路时野花带来的惊喜；它拥有永恒的精准，却渴望一次笨拙的、会心碎的恋爱。

原来，那些我们以为的”不完美”——暴雨中的狼狈，深夜里的辗转，市井中的计较，离别时的隐痛——才是生命对抗虚无的可爱勋章，是活着最真实的触感。

所以，去感受吧。用血肉之躯，去撞一场盛大的雨，去爱一个会离开的人，去坐一列摇晃的绿皮火车。去拥抱、去热烈、去痛苦、去感怀。

愿你越过重重障碍，最终摘得的，不是别人眼中的星辰，而是那轮只为你升起的，温润的月亮。

因为，AI 是机器文明的极致，而爱，是人类文明的终极。去爱，去感受，去活着，这本身就是宇宙间最盛大的神迹。

第一章　山城襁褓

嘉陵江的晨雾总带着铁锈与栀子花混杂的气味。1963 年那个寻常的清晨，雾气漫过九龙坡医院灰砖墙上的爬山虎，在产房窗外凝成水珠。外婆用洗得发白的靛蓝襁褓裹住我，青麻绳在她佝偻的背上缠了三圈——那些绳结勒出的深痕，多年后依然是我梦境里最早的纹路。

"这娃儿哭起来像在唱歌。"外婆用布满老茧的拇指轻抚我的眼皮，"你听，每个音都带着弯。"

母亲虚弱地靠在枕头上微笑。她的目光越过产房斑驳的墙壁，仿佛看见民生路那条被岁月揉皱的巷弄。我们那间十二平米的屋子，就像旧课本里夹着的糖纸，在昏黄的光线里微微发亮。

巷子里的梧桐树在初夏长出肥厚的叶子。我成了整条街坊熟知的"夜啼儿"——白日在竹摇篮里睡得香甜，睫毛上沾着梧桐叶的影子，待到月亮爬上吊脚楼的檐角，喉咙里的小兽便醒了。

"莫不是前世的戏班子跑出来的？"张婆婆摇着竹椅，她的笑声像晒干的豆荚在风里响，"听这哭腔，有板有眼的。"

父亲开始抽烟。在那个梅雨缠绵的深夜，我的哭声像藤蔓缠绕他刚铺开的图纸。铅笔"啪"地折断，他猛地起身，抱起褓褓放在门廊。

木门合拢的吱呀声里，雨点砸在褓褓上。我忽然停止哭泣，睁大眼睛望着檐角滴落的水珠——它们像一串串透明的念珠，在黑暗中闪着微光。

外婆是踩着雨水跑来的。她的裹脚布在青石板上留下湿痕，每一个脚印都盛着浅浅的月光。推开门时，母亲正把脸贴在门栓上啜泣，那声音比我的哭声更柔软，却更沉重。

"娃儿不懂事，你们也不懂事？"外婆把我塞进母亲怀里。褓褓角沾着的梧桐叶上，雨珠与泪珠滚在一起，落在我的手背。

那一刻，山城的味道透过皮肤渗进来——是软的，咸的，带着花椒与烟火的香。

黄昏的民生路像一幅正在褪色的水彩画。炊

烟从各家的烟囱里升起，在夕阳中交织成金色的网。王家的回锅肉，李家的麻婆豆腐，各种香味在巷弄里流淌。

我总是在这时醒来，不哭不闹，静静听着街坊的对话像溪水般从窗外流过：

"张师傅，今天的豆瓣酱香得很！"

"掺了点新出的花椒，娃娃吃着不打紧吧？"

"我们娃儿啊，就爱这个味！"

外婆坐在床边做针线，哼着古老的歌谣。她的声音像嘉陵江上的薄雾，轻轻裹住我的梦境。有时她会停下针线，望着窗外说："这娃儿在听呢，你看她的眼睛，像在收集人间的故事。"

父亲的图纸铺了满桌，上面画着未来长江大桥的轮廓。烟灰缸里的烟蒂堆成小山，他时而奋笔疾书，时而凝神沉思。某个深夜，我意外的安静让他惊讶。

他放下铅笔，走到摇篮边端详。月光照在我睁大的眼睛上，像两滴凝固的江水。

"这孩子，"他轻声对母亲说，"好像在听江声。"

　　从那以后，父亲常在深夜工作时把我抱在膝上。他的烟味混杂着墨水的气息，成了我记忆里知识最初的味道。有时他会指着图纸上的线条说："这是桥，连接江两岸。等你长大了，世界会比现在更宽广"。

　　"小兽，等雾散了，我们唱歌。"外婆说得对，每个哭声都在唱歌。只是要走过很长的路，才能听出其中的旋律。

　　原来我们终其一生，都是在寻找回到最初的道路，在那个被爱包裹的襁褓里，听懂生命最初的韵律。

第二章　江声如是

嘉陵江的雾是浸入骨头的。1967 年的重庆，山峦在氤氲水汽里起伏如默兽，石阶被岁月打磨得温润，却承载着那个年代特有的、无声的重量。4 岁的我，像一粒被江风偶然吹落的黄桷树种子，在这座立体迷城里懵懂生长。

那是个连阳光都需要奋力穿透浓雾的午后。幼儿园的木门吱呀作响，六十多岁的外婆扶着门框微微喘息，银发被水汽濡湿贴在前额。她颤巍巍地从靛蓝布衫深处掏出个布包，层层揭开，露出一枚温润如玉的煮鸡蛋。

"遐遐，"她的声音像被江雾滤过，柔软而沧桑，"今天你生日，给你送个鸡蛋来。"

我接过那枚陌生的、带着她体温的椭圆物体，在掌心滚了滚。它光滑而神秘，像江滩上捡不到的鹅卵石。我仰起脸，认真地问："这是什么东西？"

外婆先是一愣，皱纹如秋菊般层层舒展，笑声从胸腔深处涌出，惊动了檐角的麻雀。"这娃儿……这娃儿不认识鸡蛋？"她笑出了泪花，用粗糙如树皮的手指摩挲我的脸颊。那一刻，她笑的不只是孙儿的无知，或是笑生活本身的荒诞与温柔——在这个连鸡蛋都需凭票购买的年代，一个孩子竟不识其貌。那笑声里，有辛酸，更有一种超越辛酸的、坚韧的慈爱。

创造的冲动与代价

家的白床单，是我最初的画布。在那个色彩被统一进灰蓝海洋的年代，那方纯白是诱惑，是召唤。趁大人不在，我握紧那支稀有的蓝色圆珠笔——它是我通往无限可能的魔杖。我在上面画了江上的船，画了想象中的飞鸟，画了外婆口中永远讲不完的山精树怪。线条奔放不羁，覆盖了每一寸纤维，将睡眠的实用领地，变成了恢弘的、只属于我的梦幻王国。

母亲归来时，脸上的疲惫在看到那幅"杰作"的瞬间，凝固成惊愕，继而转为火山般的震怒。

那不仅仅是一床床单，那是需要积攒数月布票、关乎体面与温暖的珍贵家当。

"手伸出来！"她的声音因心痛而颤抖。

竹尺落在掌心，刺痛火辣。我没有哭，只是倔强地看着她，看着这个因我"创造"浪费而崩溃的、陌生的母亲。她的愤怒里，混杂着对物资短缺的恐惧，对维持家庭体面的无力，以及对我这"败家"行为的难以置信。那顿手板，打下去的是规矩，更是那个时代烙在父母心上的、沉重的焦虑。

母性终究是夜晚的嘉陵江，表面暗流汹涌，深处却自有其温柔的回流。

几天后，母亲在昏黄的灯下，翻出一块压箱底的花布——不知攒了多久，原本的用途已不可考。她用那双操劳的手，踩着缝纫机，哒哒声如夜雨敲窗，为我缝制了一条裙子。鹅黄的底子，散落着细碎的白色小花，像把整个阴霾天空里漏下的光都缝了进去。

她兴冲冲地叫我："遐遐，来，试试。"

我却因着前几日的委屈，拧着性子，小兽般

梗着脖子："不穿！"

"啪！"又是一下。

这次，我哭了，她也红了眼眶。后来她总是带着复杂的神情回忆这段，说我脾气大得像头小倔牛。而我，对此毫无记忆。

或许，童年的身体早已洞悉：有些疼痛太轻，轻不过母亲指尖的颤抖；有些委屈太小，小不过那条裙子上，她偷偷绣上去的一朵、本不属于原布料的、歪斜的小花。

外婆的笑声，母亲的尺子与针线……这些碎片，在江声浩荡中沉淀，最终告诉我：爱，有时以鸡蛋的形态出现，有时以尺痕的形态铭记，有时，则藏匿于一条因倔强而未曾穿上的花裙的褶皱里。它们都是生命之初，生活教给我的，关于匮乏与丰盛、毁灭与创造、伤害与弥合的第一课。

第三章　中华小学的红与灰

嘉陵江的风裹着煤烟味，漫过中华路小学褪色的青砖院墙时，1968 年的蝉鸣正卡在老黄桷树的枝桠间，聒噪得像无数把小锯子，锯着盛夏粘稠的空气。我攥着帆布书包的背带，白衬衫的领口沾了晨雾的湿，凉丝丝地贴在颈间，蓝布裤腿扫过嵌着碎玻璃的墙根——那些玻璃是住户们用来防贼的，尖锐的边缘在晨光里闪着冷光，像极了大人们偶尔露出的复杂眼神。

第一节语文课的铃声刚落，老师握着粉笔的手在黑板上落下重重一笔，"毛主席万岁"五个大字，红漆般浓烈，随着她抑扬顿挫的朗读声，一点点渗进木质课桌的纹路里。桌面坑坑洼洼，是历届学生留下的痕迹，我用指甲抠着那些凹槽，忽然觉得这五个字像一团燃烧的火，烫得人不敢直视。第二节课的"中国共产党万岁"，则裹着窗外愈发响亮的蝉鸣，飘进走廊尽头积着灰的标语牌，牌上的字迹已经模糊，却依然透着不容置疑的庄严。

每学期的"革命传统教育"是雷打不动的仪式。少先队旗的红绸被山风扯得猎猎响，我们的白衬衫在队伍里像一片晃眼的云，蓝裤子扫过红岩村石阶上的青苔，留下一串串湿漉漉的脚印。渣滓洞的铁窗锈迹斑斑，漏下碎金似的阳光，落在老师攥着语录本的指节上，那里因用力而泛着青白。"成千成万的先烈，为了人民的利益，在我们的前头英勇地牺牲了……"老师的声音带着刻意拔高的激昂，风声卷着尘土扑在脸上，我听见自己的声音混在队列里，微弱而模糊，像被揉皱的纸；脖子上的红领巾浸了汗，贴在皮肤上火辣辣的，像一小片烧红的铁，烫得我有些喘不过气。

解说员的声音金属般冷硬："竹签子是竹做的，共产党员的意志是钢铁！"我抬头，看见铁窗漏下的阳光碎成金粉，落在小伟的肩膀上。

"忆苦饭"的瓷碗磕在水泥讲台上时，南瓜和豆渣的涩味瞬间漫开了半间教室。老师的搪瓷缸子碰着碗沿，发出清脆的声响："同学们，这是农民伯伯过年才有的吃食，我们要记住旧社会的苦，珍惜新社会的甜！"我扒拉着碗里糙得硌牙的粗粮，鼻尖突然裹进早上家里白面馒头的甜香——那是母亲特意早起蒸的，还抹了一层薄薄的红糖。香味顺着喉咙往上涌，眼泪"啪嗒"一声砸在碗里，洇开一小片浑浊的湿。我不敢哭出声，只能埋下头，假装是被饭粒呛到，偷偷把没吃完的饭倒进教室后门的潲水桶，铁皮桶发出"咚"的闷响，像一声压抑的叹息，被后排的姜霞攥在了眼里。

　　放学后，她追上我，小辫子在肩头晃悠，声音细得像蚊蚋："李润茨，你为什么倒掉忆苦饭？老师说那样是忘本。"我攥着书包带，指尖泛白，半晌才挤出一句："太难吃了，我实在咽不下去。"姜霞看了看我，又飞快地瞟了眼远处墙上"不忘阶级苦"的标语，压低声音："我也觉得难吃，但我妈说必须吃完，不然会被学校批评，还会影响我爸的工作。"风卷着煤烟味吹过，我们俩并肩走在青石板路上，影子被夕阳拉得老长，像两个沉默的问号，悬在巷弄的上空。

　　办公室的日光灯管晃得眼疼，我站在毛主席像下抄《忆苦思甜》，钢笔尖划破纸页时，发出"嘶"的轻响。老师坐在办公桌后翻教案，声音轻得像窗外的云："李润茨，你是知识分子家庭的孩子，更要注意思想改造，不能忘本。你父亲是工程师，母亲曾在文化馆工作，组织上对你们家已经很宽容了，你要懂得珍惜。"我低着头，看着纸上洇开的墨迹，心里忽然涌起一股委屈——父亲总教我要诚实，母亲总说要尊重自己的感受，可为什么说实话、吃不下难以下咽的饭，就成了"忘本"？钢笔在纸上沙沙作响，那些重复的句子像一道无形的网，缠得我有些喘不过气。

　　三年级的学工课，缝纫机的"哒哒"声裹着棉线的毛絮，填满了教室后排的角落。老师教我们缝冰糕袋子，要求针脚整齐、线头隐蔽，还说这是"为人民服务的具体体现"。我踩踏板的脚总踩空，线团缠得满手都是，额角的汗把刘海黏成一绺，贴在发烫的脑门上。看着其他同学缝得又快又好，我心里急得发慌，索性把缝纫机倒着踩，针脚拧成歪歪扭扭的绳结，像一条条纠缠的小蛇。

"踏板要往前送，不是往下踩。"

终于在夕阳擦过院墙时，我把50个勉强成型的冰糕袋子交给了老师，抱着布兜往家跑时，影子被夕阳扯得老长，像根晃悠的棉线，带着一丝狼狈的解脱。

母亲的影子总裹在政治学习会的灯光里。她单位的窗户亮到晚上九点，橘色的光漫过民生路的青石板，在地上投下长长的窗框影子。我趴在桌前写作业时，能听见隔壁张婆婆家的收音机在唱《东方红》，旋律激昂，却衬得夜晚愈发安静。文化大革命的风曾卷走母亲的歌剧稿——那是她熬了无数个夜晚写的《保管员之歌》，里面有一场暴雨，本是描写保管员们冒着大雨抢救国家财产的身影，却被人说成"诅咒社会主义江山"。

她挂着牌子回来的那天，天阴沉沉的，像要下雨。我正趴在毛主席像前描红，听见门锁"咔哒"一声，抬头就看见母亲低着头，胸前挂着写有"反动文人"的木牌，头发凌乱，蓝布衫上沾了泥点。她没说话，径直走到毛主席像前，缓缓跪了下去，肩膀微微耸动，哭声软得像浸了水的棉："毛主席呀，我一辈子清清白白，从没做过对不起党和人民的事……我只是想写点老百姓的故事，想让歌声能给大家带来点快乐……"那声音裹着煤油灯的烟，飘在十二平米的屋里，落进五斗柜的抽屉缝里，也落在我描红的纸上，把"忠"字洇得模糊。

父亲蹲在门槛上，烟蒂在地上积成一小堆，火星子灭了又亮，亮了又灭。他没去扶母亲，只是重重地叹着气，声音里满是无力。我站在一旁，手里还攥着描红的笔，看着母亲颤抖的背影，看着父亲愁苦的面容，忽然觉得那盏煤油灯的光格外昏暗，照不亮屋里的压抑，也照不亮大人们眼中的迷茫。那晚我躺在床上，听见母亲在隔壁偷偷抹泪，听见父亲低声安慰："会过去的，一切都会好起来的。"可"好起来"是什么样子？我不懂，只觉得心里像压了一块石头，沉甸甸的。

青年路的木板房是后来的家。因为母亲的"问题"，我们不得不搬出民生路的巷子，搬到这片更偏僻的居民区。二楼的地板踩上去"咯吱"响，像谁藏在暗处的笑。我跟着邻居家的孩子爬屋顶捉迷藏，塑料瓦在脚下发出脆响，一不小心，我踩空摔了下来，后背重重磕在床脚的木块上，疼得我眼前发黑，眼泪瞬间涌了出来。

母亲背着我跑过巷弄，她的蓝布衫浸了汗，后背的弧度像座弯着的桥，一步步踩在青石板上，发出急促的声响。她的呼吸很沉，额角的汗滴落在我的后颈，凉丝丝的。医院的消毒水味裹着麻药的钝痛，我在病床上挣扎着想要下床，却被护士按住。听见母亲喊我的声音，颤得像被风吹皱的江波："遐遐，别动，医生说要好好躺着，不然伤口会发炎的。"最后我躺在手术台上，看着医生用镊子一点点挑出伤口里的木屑——那木屑泛着暗红的血，像两颗皱缩的蛋黄。

母亲坐在床边，拿着一本《战争英雄麦贤得》，轻声念给我听。阳光透过窗户照在她脸上，能看见她鬓角的几缕白发，像被霜染过。她的声音裹着阳光的暖："遐遐，你看麦叔叔，脑袋受了那么重的伤，还坚持战斗，不肯放弃。我们也要像他那样勇敢，不管遇到什么困难，都不能退缩。"我盯着她鬓角的白，忽然看见那缕白里，缠着嘉陵江的雾，缠着缝纫机的线，缠着她深夜偷偷抹泪的痕迹，也缠着我在山城幼女时期，那些红与灰交织的风——红色是时代的烙印，是口号与激情；灰色是生活的底色，是迷茫与委屈。

出院后，我不再跟着邻居家的孩子疯跑，而是常常坐在窗边，看着嘉陵江的水缓缓流淌，看着江面上的船只来来往往。母亲依旧要去参加政治学习，只是回来时，脸上的愁苦少了些，偶尔还会给我讲一些她以前读过的书里的故事，讲岳飞精忠报国，讲司马光砸缸救人，讲孔融让梨的谦让。父亲则会在晚饭后，教我认字、算数，他说："不管什么时候，知识都是有用的，它能帮你看清世界，也能让你在困境中找到出路。"

我开始喜欢上读书，哪怕是偷偷找来的旧书，也看得津津有味。在那些文字里，我仿佛看到了另一个世界，那里没有标语和批判，有山川湖海，有悲欢离合，有勇敢和善良，有坚持和希望。嘉陵江的风依旧吹着，煤烟味混着草木的清香，红与灰的色彩依旧在岁月里交织，但我心里的某颗种子，却在悄悄发芽——它带着母亲的坚韧，父亲的期盼，带着书本里的智慧，也带着山城赋予我的顽强，等待着破土而出的那天。

有一次，我在父亲的旧箱子里翻到一本画册，里面是梵高的画。《向日葵》的金黄像一团火，烧得人心里发烫；《星夜》的漩涡般的笔触，让人觉得连夜空都在涌动。我看得入了迷，母亲进来时，我慌忙把画册藏在身后，怕她责备我看"资产阶级的东西"。可母亲只是笑了笑，坐在我身边，轻声说："喜欢就看吧，艺术是没有阶级的，它能让人感受到美，感受到力量。"她的话像一束光，照亮了我心里的角落，也让我更加坚定了对美的追求。

日子在山城的雾起雾散中缓缓流淌，我渐渐长大，那些童年时期的迷茫与委屈，慢慢沉淀成生命里的底色。我知道，我们这一代人，注定要在红与灰的交织中成长，要在时代的浪潮中寻找自己的方向。但那些藏在烟火气里的爱与牵挂，那些在困境中坚守的善良与勇敢，那些对知识与美的执着追求，终将成为生命中最宝贵的财富，指引着我，在人生的道路上，勇敢前行。

第四章　铁中窗下的红与蓝

1972 年的成都，梧桐叶把八月的阳光剪成细碎的金箔，洒在铁中灰色的墙面上。十岁的我攥着父亲洗得发白的帆布包，包上印着褪色的"为人民服务"，像一块被时间啃噬的徽章，站在初二四班门口。跳级的喜悦在看见黑板上扭成麻花的代数公式时，突然碎成一地惊慌。

"这个未知数 X，"数学老师的声音从很远的地方飘来，"就像嘉陵江里的水草，你越挣扎，它缠得越紧。"

我的草稿纸上洇开一团墨迹，那些数字像被困住的萤火虫，在方格间徒劳地碰撞。正当我咬着笔杆发愣时，同桌突然把笔记本推过来。纸页间夹着一片银杏叶，笔记的字迹清秀如初春的柳丝。

"从这里开始，"她轻声说，"我陪你慢慢解。"

　　放学后，她攥着我的练习册敲开教师办公室的门。日光灯管在头顶嗡嗡作响，数学老师把三角板按在公式旁，声音软得像泡开的茶："看，这根绳结其实有个活扣……"

　　早自习的朗读声裹着晨雾漫进教室时，我总缩在最后一排。班长的声音像铜铃般清脆："Long live Chairman Mao"，"Long Long live to Chairman Mao"。我张着嘴，英语单词卡在喉咙里，像含着一颗永远化不开的硬糖。

　　阳光从窗棂漏下来，落在摊开的课本上，把"Chairman"的字母晒得发烫。那些弯弯曲曲的洋文，仿佛另一个世界的密码，把我隔绝在教室喧闹的朗读声之外。

　　"不会读就跟着念，"英语老师走过我身边，她的裙摆带起一阵清风，"语言像江水，多扑腾几次就学会了。"

　　我望着窗外，梧桐叶在晨光中透明如翡翠。忽然想起父亲的话："世界很大，装得下所有语言。"于是再次开口，让生涩的音节笨拙地跃出唇齿。

　　我们是被时代织进特殊岁月的一代。读书时

撞见文革的余温，工作时扑进经济浪潮的浪尖。在同学录的扉页，我郑重写下"革命终身"四个字，墨迹落纸的瞬间，像给青春扣上一把沉重的锁。

物质的匮乏让饭票在口袋里皱成纸团，时代的巨浪让脚步不时踉跄。但骨子里那点"革命浪漫主义"，是梧桐树下晒不干的墨——它流淌在我紧攥炭笔的指间，让工农兵的轮廓在卡纸上苏醒，让女性的身影傲立在刊头画中央。

"你画的女子，"周老师俯身端详，"眼里有光。"

那是我们的光——在标语与口号之间，依然执着地寻找美的光。

记得毕业那天，同桌在银杏树下送我一片书签："你解开了最难的那个 X——你自己。"

是啊，我们这一代人，既是时代的作品，也是自己的作者。在红与蓝交织的岁月里，我们用炭笔画出彩虹，用困顿磨出锋芒。就像嘉陵江的水，无论经过多少曲折，终将汇入大海。

阳光透过梧桐叶，在黑板上投下斑驳的影子，数学老师的手指轻轻一勾，绳结应声而开。原来所有的困惑，都是为了教会我们如何寻找答案。

【附件一】

第五章　解放碑下的红颜料

◆━━━━━━━━━━◆

　　1976 年的重庆，雾是时光织就的薄纱，裹着嘉陵江的湿气，漫过解放碑的碑身，漫过交电公司的橱窗玻璃。钟声从碑顶传来，沉闷而悠远，撞在玻璃上，漾开一圈圈细碎的光影。我攥着炭笔站在橱窗前，双辫垂在洗得发白的蓝布衫肩头，发梢还沾着未干的红颜料——这是我成为美工的第一年，橱窗里陈列的黑白电视机在雾中泛着冷光，而评比用的红绸带在玻璃反光里晃着，像团烧得正旺的火，燎得人心里发烫。

　　市委财贸部长的皮鞋声由远及近，锃亮的鞋尖踢开地面的碎石，带着不容置疑的威严。我指尖的颜料屑簌簌落在橱窗的木纹里，洇成一小片暗红，像凝固的血。"这橱窗主题不够鲜明，红颜色用得太杂，缺少革命的庄重感。"部长的声音带着官腔，扫过橱窗上我画的红梅图案，眉头微蹙。

我握着炭笔的手紧了紧，指节泛白，想说这红是嘉陵江晨雾里的光，是山城人骨子里的热，是烟火气里蒸腾的生命力，却终究只是低下头，把想说的话咽成了喉咙里的涩。

巴县的木工与红漆

巴县新大楼的灰墙在 1978 年的秋阳里泛着冷光，像块没捂热的铁。我背着画箱站在门口时，经理的烟卷顿在指间，烟灰落在他的的确良衬衫上，留下个灰点。"就你一个人？"他的声音里满是怀疑，眼神扫过我单薄的身影，"总公司怎么派个丫头片子来？这橱窗可是要迎接国庆的，出了岔子谁负责？"抱怨顺着电话线缠回重庆总公司，听筒里的杂音像砂纸在磨耳朵。我却没应声，蹲在水泥地上，从画箱里掏出糙纸和炭笔，把橱窗的轮廓细细描在纸上——纸页被风吹得发颤，线条却依旧挺拔，裹着重庆雾天里难得的光。

夜风吹透工棚的帆布，带着郊区特有的潮气，卷着稻花的清香钻进棚里。我就着煤油灯的光调颜料，红漆的气味辛辣刺鼻，混着工棚外稻田的清香，钻进衣领里，呛得人鼻尖发酸。我把颜料涂在废木板上试色，一遍又一遍，直到那红既不刺眼也不暗沉，像炭火最旺时的颜色，暖得能焐热人心。"姑娘，这么晚了还不睡？"守夜的老汉披着军大衣走进来，手里端着一碗热米汤，碗沿还冒着白汽，"喝了暖暖身子，这鬼天气能冻透骨头。"我接过碗，指尖触到温热的瓷碗，暖意顺着喉咙往下淌，在胃里化开，忽然觉得这漫漫长夜也没那么难熬。

第二天晨光漫进工棚时，我的初稿摊在经理桌上。画面上，工农兵的身影与红梅交织，线条里裹着重庆的雾与光，既有时代的印记，又藏着鲜活的生命力——稻田的金黄、工装的靛蓝、红梅的艳红，在纸上晕染出层次感，仿佛能闻到泥土的芬芳，听到劳作的笑语。经理盯着画看了半晌，烟卷烧到了指尖才猛然回过神，他突然叫来了两个木工，把刨子往我脚边一放："听她的，按这图做，用料都给我选最好的！"

接下来的一个月，我踩着木梯刷漆，红颜料溅在帆布裤腿上，像落了片又一片的梅，洗不净。

木工师傅们照着我的图纸打框架、做造型，刨子划过木材的声音"沙沙"作响，与我刷漆的"刷刷"声交织在一起，成了工棚里最动听的乐章。"姑娘，这红梅的枝桠再往上挑挑，是不是更有精气神？"冷师傅凑过来，手里还拿着刨子，脸上沾着木屑。我顺着他指的方向调整画笔，笑着说："师傅说得对，这样更像要冲破雾霭的样子。"

郊区的风裹着稻花香吹过来时，职工们总围在工棚外看——连裹着蓝布帕子的婆婆都抱着孙儿蹲在墙角，眯着眼睛说："这姑娘的笔能把木头画活，你看那梅花，像要开出来似的，闻着都香。"孩子们则趴在工棚门口，好奇地看着我调颜料、刷漆，时不时发出惊叹声。我索性找了些废纸，教他们画简单的小花小草，看着他们认真的模样，心里满是欢喜。

9 月 29 日的阳光格外透亮，晒透新橱窗的玻璃，照在红漆上，反射出耀眼的光。橱窗里的红梅仿佛真的开在了秋日里，与工农兵的身影相映成趣，引得路人纷纷驻足观看。经理的笑纹里沾着红漆屑，拍着我的肩膀说："没想到你这小丫头真有两把刷子，比总公司派来的专家画得还好！"
单位的吉普车停在楼下，他亲自攥着我的画箱往
车上塞，职工们的掌声裹着秋风，把我的双辫吹
得晃起来。车驶过巴县的田野时，稻穗在风中点
头，像在为我送行。那天的解放碑钟声，比往常
沉了些，像裹了层红颜料的暖，敲在心上，久久
不散。

街头诗画里的红与梅

"街头诗画"的红绸带挂在我胸前时，1979
年的夏天，蝉鸣正稠，像织了一张密不透风的网。
编辑部的桌子堆着厚厚的来稿，张志新的名字一
次次落在稿纸上，带着沉甸甸的分量。我坐在窗
前，看着窗外火辣辣的太阳，忽然调了满盘的红
——那是她最爱的颜色，像解放碑的钟，厚重而
坚定；像嘉陵江的浪，汹涌而炽热；像她不屈的
灵魂，在黑暗中燃烧。

刊头的红梅在玫瑰色的底色里开着，枝桠苍
劲，花瓣饱满，每一笔都透着力量。她拉小提琴
的侧影浸在玫瑰红颜料里，像团烧透了的光，既

耀眼又令人心疼。琴弦仿佛在画纸上颤动，流淌出激昂的旋律，穿透了岁月的阴霾。"这红会不会太浓烈了？"同事小贾凑过来，语气里带着担忧，"现在还是要稳妥些，别惹麻烦。"我握着画笔的手顿了顿，看着画纸上的红，轻声说："她的勇气就该这么浓烈，她的故事就该被这样铭记。"

那些日子，我每天加班到深夜，红颜料沾在辫梢，蹭在衣领上，连梦里都是大片的红。画纸浸了汗，起了皱，却依旧承载着我心底的敬意。我查阅了所有能找到的资料，一遍遍修改画面，只想把最真实、最鲜活的她呈现在人们面前。出刊那天的太阳毒得烫，街头的行人纷纷驻足，围着街头诗画议论纷纷。有人说"火上加热，太激进"，有人说标题太大，不够含蓄，甚至有人偷偷告诫我："小姑娘，别太较真，小心引火烧身。"我却蹲在墙根，把掉落的颜料屑扫进砖缝里，心里平静得像嘉陵江的水。那些加班的夜、沾在辫梢的红漆、浸了汗的画纸，都裹在这团红里，像颗埋在时光里的糖，初尝辛辣，回味却甜。

解放碑的墙在 1980 年的夏夜里发着烫，余温未散。我蹲在墙根调颜料，准备更新街头诗画的内容，毛主席语录的粉笔字刚落在墙上，一个温和的声音从背后漫过来："这字有劲儿，笔锋里带着股不服输的韧。"我回头，看见一位穿着素雅的女士站在日光下，气质温婉，眼里却有藏不住的光芒。她的头发梳得整齐，穿着一件浅蓝色的衬衫，领口系得一丝不苟，手里拿着一本厚厚的书。红颜料不小心溅在我手背上，像颗没干透的痣。

"我叫韩素音，这是我的书《目的地重庆》"她笑着伸出手，指尖带着油墨的清香，"你的画很有灵气，尤其是那抹红，很打动人。"

后来，我们成了忘年交。她常带着我去江边散步，有时会给我带来一本《世界美术史画册》。我抱着画册坐在江边的石阶上，啃着馒头，麦香混着江水的腥气，画页被风掀得哗哗响。从文艺复兴的油画到印象派的光影，从中国的水墨丹青到西方的雕塑艺术，那些从未见过的艺术形式像一扇扇窗，为我打开了全新的世界。"艺术不该被束缚，它像嘉陵江的水，该自由流淌，映照出人性的光辉与生命的力量。"韩素音女士的声音裹着雾，飘向江对岸，"你的红颜料里有生命力，有共情力，要好好守住这份纯粹，别让世俗磨平了棱角。"江轮的鸣笛一声接一声，裹着雾，往时光深处去了，而她的话，却像一颗种子，落在我心里，生了根，发了芽。

有一次，我画了一幅《雾中红梅》，想表达在困境中坚守的勇气。韩素音女士看了后，提笔在旁边题了一行字："红者，心之所向；梅者，骨之所坚。"她看着我说："艺术不仅是美的表达，更是精神的寄托。你的画里有你的经历，有你的思考，有你的坚守，这才是最珍贵的。"我看着她的题字，忽然明白，我笔下的红，早已不只是一种颜色，它是外婆背上的勒痕，是母亲眼角的泪水，是巴县工棚里的煤油灯光，是张志新不屈的灵魂，是我对生活的热爱，对理想的坚守。

1981 年的春天，我接到了一个重要的任务——为重庆展览馆画一幅大型壁画，主题是"时代新篇"。我把这些年的经历、感悟都融入画中，画面上，嘉陵江的浪涛翻滚，解放碑矗立在晨光中，各行各业的人们面带笑容，充满了对未来的憧憬。

红梅依旧是画面的点睛之笔，开在悬崖峭壁上，象征着坚韧与希望。韩素音女士来探望我时，看着壁画，欣慰地说："你长大了，你的画也长大了，更有深度，更有力量了。"

【附件二】

第六章　红毛衣上的尘埃

80 年代的成都，梧桐浓荫像绿色的瀑布，铺满纵横交错的街巷，风里飘着老茶馆的盖碗茶香，混着自行车清脆的铃铛声，慢悠悠地漫过时光。我跟着吴姐走进电子科大校园时，G 正站在香樟树下等我们——洗得发白的的确良衬衫，袖口一丝不苟地卷起，鼻梁上架着一副黑框眼镜，镜片后的眼睛带着几分腼腆，笑容憨厚得像川西平原沉甸甸的麦田。

作为改革开放后第一批大学生，他从电子科大毕业即留校任教，简历上"品学兼优"四个大字，让我的父母一眼相中。交往的日子里，G 成了我家的常客。只要家里来客，他从不用人招呼，二话不说就抄起拖把拖地，扎进厨房掌勺。他的川菜做得地道，麻辣鲜香总能把满屋人哄得眉开眼笑。那时他住学校的两人间集体宿舍，家在郫县，却常骑着一辆半旧的永久牌自行车，载着我穿行在城乡之间的公路上。

我穿一件枣红色毛衣，羊毛的光泽在阳光下流转，风拂起衣摆，像极了当时热播电影《血疑》里的幸子，明媚得让路人频频回首。"我们成家吧。"G的声音在风里传来，带着青年人特有的真诚，不容置疑。我望着他汗湿的额发，心里泛起一阵柔软。

我在家人呵护下长大，从未开火做饭，家务全然不晓，衣服向来是母亲包办；而G吃过苦——父母说他是继父的孩子，母亲带着前夫的孩子再嫁，又添了4个弟妹，他小时候放假要去郫县农场踩豆子，甚至把母亲办公室里对他友善的女同志错认成妈妈。这样吃过苦的人，该懂珍惜与包容吧。到了适婚年纪，我轻轻点了点头。

"那时候，我以为婚姻是一枚奖章，别在胸前就能照亮前路。""后来才知，它更像一面镜子，照出彼此最隐蔽的暗伤。"

1984年春，单位分房——一室一厅双阳台，体面的80年代。

我把钥匙交给 G 的母亲，没料到她转手分给 G 家兄妹。

下班回家，陌生床单堆成小山，我的新婚被褥被塞进厨房角落。

我当场收回钥匙，指尖发抖，却听见自己心脏在胸腔里"咚"地一声——像落下一枚棋子，开局已定。

1985 年，孩子降生，5 斤 2 两，与我出生时一模一样。

父母心疼我们手忙脚乱，让我们搬回娘家。

典型的"421"家庭：四位老人、两位青年、一位婴孩。

按成都习俗，男方每月应付 25 元保姆费。G 的母亲从未兑现。

我每月悄悄自掏腰包，对父母却说是"G 家给的"。

"25 元，像一粒小石子，落进井里，回声却响了十年。"

1990 年，G 被派往西昌挂职，外号"夜来香"——因他夜夜麻将，烟气袭人。

1992 年回成都，职位升了，心却野了。

每月月底口袋空空时，G 就理直气壮地伸手向我要钱度日。

G 从未给过家用，没给孩子买过一件玩具，甚至偷了长辈送给我们的两枚金戒指，拿去换了钱打牌。被我发现后，G 死不承认，脸不红心不跳地撒谎，眼神里的坦荡让我不寒而栗。

G 是外婆带大的，小时候母亲不管不顾，全靠外婆嚼碎了饭喂进他嘴里才活下来。外婆去世时，送葬到火葬场，G 竟拿不出钱买骨灰盒。看着他手足无措的样子，我心里又气又怜，掏出 800 多元撑住了场面。我以为这份情分能让他醒悟，可他依旧我行我素。

第七章　针脚里的画意

1992 年的成都，四月的阳光像刚出窑的琉璃，把省展览馆的玻璃幕墙熨得发烫。我攥着印有熊猫竹纹的入场券，被人群裹挟着向前移动。香奈儿五号与栀子花的气味在空气中角力，直到展厅中央那行墨字如楔子般钉住我的脚步——

"一件好的服装就是一首诗、一幅画、一首优美动人的歌。"

丝绸裱装的标语泛着珍珠般的光泽，每个字都像钟杵撞响心底尘封的铜钟。我扶着展柜站稳，指节泛白。二十多年来缝补浆洗，竟从未察觉针脚里藏着平仄，盘扣间住着韵律，布料的经纬本就是画布的肌理。

音乐如溪水漫过展厅，模特们踩着猫步踏光而来。真丝长裙扫过大理石地面的沙沙声，多像画笔在亚麻布上舞蹈；旗袍刺绣的缠枝莲在行走间颤动，分明是颜料在光里呼吸。当那条靛蓝扎染长裙旋转变幻出嘉陵江晨雾时，我下意识伸手去接——指尖触到的不是布料，是山城梅雨刚润湿的青石板。

"您需要帮助吗？"导览员轻声询问。

我摇头退后，任由那些流动的色彩穿透瞳孔。心里有什么东西破土而出，带着竹笋拔节的脆响。原来美从来不分疆界，画布会行走，诗歌能穿着上街。

那夜台灯的光晕像枚熟透的杏子，落在摊开的卡纸上。我取出给孩子做衣裳的软尺，炭笔在纸面游走时忽然有了缝纫机的节奏。领口要裁出朝天门码头的弧度，袖口需绣上黄桷树初生的嫩芽，裙摆的褶皱里该藏着歌乐山的云雾。

"妈妈在画会唱歌的衣服吗？"孩子抱着布偶站在门边。

我把孩子揽到膝前，铅笔在纸面滑出流畅的曲线："看，这是嘉陵江流到衣服上了。"

"小太郎"系列童装设计图完成时，晨光正舔舐窗台。我把襁褓的温暖、背带的坚韧、虎头鞋的拙趣都缝进图纸，最后在衣襟处画了朵雾凇——像童年外婆呵在窗玻璃上的白气。投寄信封时，邮筒发出饥饿的吞咽声。

消息在梧桐飞絮的日子里抵达。同事将红绒面证书放在我桌上时，整个办公室突然安静。"芙蓉杯"三个烫金字在春日里荡漾，证书边沿的压花纹路多像当年巴县工棚里的刨花。

"原来画笔能在布料上开花。"我摩挲着证书喃喃自语。窗外卖豆花的手推车吱呀作响，竟与T台音乐的节奏重合。

"风"系列设计在梅雨季孕育。我把山风途经竹林时的飒爽、江风推着浪花时的顽皮都织进了布料。领口的抽绳是风穿过巷弄的形态，裙摆的流苏是浪头撞碎在礁石的尾巴，色彩从雾霭灰渐变为鸥羽白，恰似破晓时江天交接的朦胧。

"托奇杯"获奖通知寄到时，银杏叶刚开始镶金边。成都同学露薇在电话那头笑："早说过你是被文革耽误的裁缝！"她模仿着展览馆的标语："一件好的职业转型就是一首诗…"

省服装协会的申请表铺在案头，钢笔吸饱蓝

黑墨水。府南河的波光在纸面跳跃，我仿佛看见无数布料在光里起舞。

命运总在丰收时降下新的谜题。商标事务所铜牌挂上门楣后，法律书籍很快淹没了画稿。《商标法实施细则》的铅字像黑蚂蚁爬满视线，每个条款都比代数公式更难解构。

某个加班的深夜，我从文件堆里扒出"风"系列设计图。台灯下，裙摆的流苏依然保持着浪花的姿态，只是纸张已微微发黄。

"累了就看看这个。"我把图纸压在玻璃板下，对着倒映的星空轻声道，"布上的诗篇只是换种方式在书写。"

如今两份证书在书柜里泛着温柔的光晕，像两枚风干的芙蓉花瓣。每当翻动它们，1992 年春天的气息便会苏醒——那是展览馆玻璃折射的虹彩，是丝绸滑过指尖的凉意，是灵感破土时带着泥土芬芳的震颤。

第八章　法与画的共生

1992 年成都的晨雾总带着迟疑。府南河的水汽裹着印刷厂的油墨味，漫进商标事务所。我正用群青与赭石调试着广告画的底色，画笔在纸面游走的轨迹，是十多年来最熟悉的语言。

突然，通知像一块巨石投入湖面：

"事务所撤销，全体归入法制处。"

我接过第一份法律文件，密密麻麻的条文像缠绕的铁丝网，刺得我眼睛发疼。

"领导，我这辈子做梦都没想过要学法律。"

领导坐在堆满卷宗的办公桌后，指尖划过桌上的《民法通则》：

"小李，我重大学的是机械，却用三年时间啃完西政课程，三年没看过电视。静下心来，你会看到不一样的天地。"

他声音不高，却像一束光，穿透我内心的迷

雾。

工作像潮水般涌来，文件堆得比画箱还高。

那些需要啃透的法律条文，像代数公式一样晦涩：

"第 25 类：服装、鞋、帽……"

"第 18 类：皮革、人造革……"

我夜里 11 点还在灯下，荧光笔在条文上划出黄色的河。

我自言自语："布是土地，条文是铁丝网。"

荧光笔突然没水了，留下一道干涸的空白——像土地被征用，像雨水被截流。

画笔与布料，渐渐被文件取代。

1993 年 9 月，四川大学。

我走进经济法课堂，从及格线开始追赶。笔记记得比当年的设计稿还认真：

"要约—承诺—对价—履行"

"主体—客体—内容—责任"

为了精进经济法知识，我又报了西南财经大学的周末班，没想到两个班的上课时间刚好冲突，周六上午川大的课结束时，财大的课已经开始了十五分钟。

从此，每个周末的清晨，都成了一场与时间的赛跑。天刚蒙蒙亮，我就攥着两个热馒头、一个煮鸡蛋，挤上拥挤的公交车。车厢里塞满了人，空气浑浊而闷热，我只能在人群的缝隙里，抓紧时间啃几口馒头。下车后，我一路小跑穿过川大的林荫道，听完上午的课，又马不停蹄地打车赶往财大。

出租车里，司机放的是苏芮的《牵手》。

我嘴里默念："法人的有限责任……"

迟到的十五分钟里，我借着邻座同学的笔记飞快补抄，笔尖划过纸页的声响，急促而坚定，像当年学工课上缝纫机的"哒哒"声，带着一种不服输的韧劲。严跃打趣说："你这那是上课，简直是打仗。"我笑着回应："没办法，时间不等人，知识也不等人。"

办公室的卷宗堆得越来越高，从柜顶一直触到墙顶，像一座小小的书山。我在法条与案例间摸索，白天处理工作，晚上挑灯夜读，遇到不懂的问题，就虚心向法制处的老同事请教。那些曾经让我望而生畏的晦涩文字，渐渐变得熟悉起来，它们不再是冰冷的条文，而是一个个鲜活的故事，一套套严谨的逻辑。我开始明白，法律就像一支精准的画笔，用严谨的线条勾勒出社会运行的秩序，用公正的色彩守护着每个人的权益。

1995 年 5 月，成都市中级人民法院。

行政诉讼的法庭，是没有硝烟的战场。

原告带着律师与记者，诉讼费 50 元，背后却是层层施压。我坐在被告席，代表局里出庭。

法官敲槌："请被告发言。"

我起身，声音不高，却句句贴着条文：

"根据《行政诉讼法》第五十四条，被告已依法履行举证责任……"

庭下坐着领导、同事与旁听者。我手里的记录纸被攥得发皱，却始终记得"言多必失"。

1996 年冬，一桩登记纠纷。

一审法院判我们撤销登记，下岗员工静坐办公室。

我急红了眼，找到上级法制部门领导：

"人家叫你跳 5 楼就跳 5 楼？"

领导轻描淡写："那你别跳，先问跳几楼。"

我横下一条心，直奔二审法院。

法院的长椅冰冷，我坐了三个小时，像坐在一条被雪埋住的铁轨上。

法官终于传来消息：

"撤销登记不是恢复原状，而是按《公司法》第三十九条，30 日内召开股东会重新登记。"

走出法院时，阳光像一桶温水从头浇下。我一路小跑，脚步轻快得像卸下了千斤重担。

那一刻，我终于懂了老师说的"书到用时方恨少，法到行处方知难"——法律的严谨与力量，藏在每一个字里，每一个程序中。

2001 年 11 月，中国入世。

川大王建平老师站在讲台上，声音沙哑：

"我教了十几年经济法，一夜之间全变了。我曾想去图书馆当管理员。"

他顿了顿，目光扫过我们：

"可法律人就是要在废墟上重建星空。"

那一刻，他像一面镜子，照见我内心的荒原与星火。

课后，我留在教室。

黑板上还留着老师画的"WTO 架构图"，像一座倒置的巴别塔。

我伸手，用粉笔在塔尖补了一颗小星：

"Art. 27—著作权"

那是我对"法"与"画"的第一次正式和解。

2008 年 2 月 25 日，成都工商局。

我站在竞聘法制科科长的演讲台上，望着台下熟悉的领导与同事，声音平静：

"从'六管一打'到依法行政，从权力型机关到服务型机关，我亲历了 26 年。

8 年自学法律，从川大本科到北大远程教育，从经济师到商标代理人，每一步都是脚印，不是翅膀，却让我看见天空。"

当我讲起登记窗口工作人员对当事人口头表述的"三次核对"，台下响起热烈掌声。

那掌声像潮水，却不是涌向我，而是涌向所有在条文与人心之间搭桥的人。

天平上的暗影

　　暮色像一块浸了墨的绒布，缓缓覆盖住城市的轮廓。法院门口的石狮子凝着冷光，我收好手边的卷宗，指尖还残留着庭审记录纸上油墨的干涩触感。

　　"李科长，辛苦了。"同事姚沨快步跟上，"局长在车里等你，说顺便送你回去。"

　　黑色轿车平稳驶离，我望着窗外掠过的霓虹，脑海里还回响着原告律师咄咄逼人的质问。忽然，手机震动，是陌生号码发来的短信："听说你庭审结束就和利益相关方去了高档餐厅？局领导那边我已经'如实'反映了。"

　　我眉峰微蹙，指尖摩挲着手机壳边缘。我分明全程与合议庭成员核对完证据，便跟着局长离开了法院，何来所谓的"高档餐厅"？

　　"在想什么？"前排的局长转过身，递来一瓶温水。他鬓角染着霜色，眼神却透着沉稳的暖意。

　　我将短信递过去，自嘲地笑了笑："看来有人想给我添点堵。"

局长扫了眼短信，淡淡道："下午我已经接到了投诉电话，说你庭审后与涉案方私下接触，还列举了所谓的'餐厅地址'。"他顿了顿，看着我眼底的错愕，补充道，"我当时就回复他——她出庭结束后，一直和我在一起，我们一起回的单位。"

车厢里陷入短暂的寂静，只有引擎的轻微轰鸣。我望着局长平静的侧脸，忽然想起三年前我初涉行政诉讼时，也是这样手足无措，是这位老领导手把手教我梳理证据链，告诉我"公道不在口舌，在事实本身"。

"其实我懂他们的心思。"我轻声自语，声音里带着一丝释然，"无非是想让我慌神，想让局里对我产生怀疑，好在后续程序里占得先机。"

局长点点头，目光望向窗外深沉的夜色："人这一辈子，总会遇到些颠倒黑白的事。就像庭审时，再花哨的辩解，也抵不过一份扎实的证据；生活里，再恶毒的揣测，也扛不住一个坦荡的灵魂。"他转头看向我，眼神里满是期许，"你守住了事实，我守住了信任，这就够了。"

轿车驶进我居住的小区，路灯在地面投下斑驳的光影。我推开车门，回头看向局长："谢谢您。"

"该谢的是你自己。"局长挥挥手，"守住本心，方能行稳致远。"

我站在原地，看着轿车缓缓驶离。晚风拂过脸颊，带着夜的清凉，也吹散了我心中的阴霾。我忽然明白，人生如庭，总有人试图用谎言制造迷雾，但只要守住坦荡与真诚，守住那些无声的信任与支持，就终能穿透迷雾，看见属于自己的那束微光。

我转身上楼，脚步坚定。有些智慧，从不是来自惊天动地的壮举，而是在一次次风浪中，懂得了坚守本心的可贵，懂得了信任与被信任的重量。

就像所有河流终将汇入大海，所有星辰注定彼此照耀。在法与画交界的秘境里，我找到了属于这个时代的《清明上河图》——那里既有市井的烟火，也有天地的秩序。

【附件三】

第九章　一段婚姻的起落
与救赎

压垮骆驼的最后一根稻草，是那场荒唐的"裤子风波"。小三和她丈夫来家里看电视剧，小三的丈夫突然指着 G 的裤子说："你的裤子和我的一模一样。"当时我没在意，只当是巧合。后来小三向她丈夫提出离婚，她丈夫才崩溃地道出实情——那天他发现，G 穿的裤子不仅和他的同款，连裤脚的磨损痕迹都一样，那是他不久前丢失的裤子。

他当着我们四人的面把话挑明，空气瞬间凝固。小三低着头，脸色苍白；G 沉默不语，双手紧紧攥着衣角；我愣在原地，脑子里一片空白，最后只能苦笑："我从来没有往这方面想过。"

小三的婆婆杨老师是个明事理的人，她来给

我说过多次："小李，你太老实，太单纯。小三不简单，她在市井里长大，父亲早逝，母亲没工作，全靠兄弟接济，在猫窝里长大的孩子，心机深着呢，很多人都不是她的对手。"

杨老师还专程来问我一件事，让她放不下心的事："'G 是不是实心脚板？'我说'G 不是'，她就松了口气说'我就放心了'。你想他们在一个部门工作，后来小三生了孙子，是谁的？最后她想到了，用'实心脚板'这种荒唐的办法来确认。"

那一刻，我像站在一面裂开的镜子前——左边是婚姻的残骸，右边是尊严的碎片。

多年后，杨老师还到处打听我的电话，想问问那个孙子的情况，我怕这事牵连到孩子，始终没有回复。我和 G 早已断了所有联系，关于他的消息，只是从孩子口中零星得知。

这段婚姻维持了 15 年，最终由 G 亲手将离婚申请递到法院。那时孩子刚小学毕业，考上了成都七中。从里仁巷到七中，比从东升街到七中要多一半的路程。为了减少孩子的通学路耗，将孩子送到前夫家暂住，我那时尚存一丝天真的幻想，虎毒不食子，血脉亲情总该是一道最后的屏障。可现实给了我沉重一击。直到有一天，孩子突然晕倒在课堂上，被老师送到川医急救室，我才如梦初醒。"胃部严重受损，长期空腹，营养不良……"医生的声音隔着一层水幕传来，模糊而遥远，"再晚一点，后果不堪设想。"

长期空腹？我的脑子"嗡"的一声，像被重锤击中。我颤抖着手，抚摸着孩子冰凉的脸颊，追问之下，才拼凑出那七百多个日夜地狱般的图景——东升街的饥饿！

原来，那个小三为了赶走孩子，竟用如此残忍的手段折磨一个 12 岁的孩子，整整两年零三十八天没吃过一顿早餐，身体与精神的双重摧残，让孩子如同置身"法西斯集中营"。

每个周末上午，我去接孩子回家，总是狼吞虎咽地吃着东西，眼神里藏着一丝怯懦；周日下午送回去时，孩子又变得沉默寡言。寒暑假孩子都回我家过，孩子懂事得让人心疼，从来不提及东升街的生活。

那些日子，我抱着病弱的孩子，跑遍了成都

的大小医院，中医的汤药苦涩刺鼻，西医的检查单堆积如山。我把所有的精力都放在孩子身上，看着孩子苍白的小脸渐渐有了血色，却也在深夜里独自崩溃痛哭。生活的重击像潮水般将我淹没，而支撑我不倒下的，是年少时便深埋心底的艺术梦。

第十章　两封家书里的暖与韧

1997 年 10 月 1 日，成都·里仁巷。

国庆的风裹着桂香，像一条刚洗过的被单，晾在老城上空。我坐在竹椅上，指尖捏着两封刚拆开的信——信封边角磨得发毛，邮戳来自井研县，落款是"方生"。

先展开的是给刘大姐的短笺，字迹刚劲如松：

"接润茨来信，知其发生婚变……G 叛父弃妻弃子，实令人发指。"我指尖一颤，想起几天前趴在桌前写信的模样，那些关于 G 与胡的纠葛、婚姻的崩塌、独自带娃的惶恐，原是想找个倾诉的出口，没料到会收到这样滚烫的回应。

另一封，是给我和孩子的长信，足有四页，墨痕里裹着焦灼。

方生卧床养伤，左眼肿得睁不开，却撑着右眼读了三个钟头，读到"怒发冲冠"。他把 G 的母亲比作"幕后黑手"："惯于用阴谋摆布儿子婚姻，把姑娘当人梯，用完即弃。"

读到"祸兮福所倚"时，我的眼泪落下。方生写自己三十年前被 G 母逼离婚，如今反倒庆幸"大难不死，死里逃生"。他抄了流行歌劝我："风雨中这点痛算什么，至少我们还有梦。"

最软的一段，是写给孩子的。方生说读了孩子给法院的信，"老泪纵横"，特意把"木子"拆成"李"，称他是"双李家庭的孩子"。

我扭头看里屋——孩子正趴在桌上写作业，小脑袋垂在肩头，从不说委屈，却总在夜里攥着我的衣角睡。我把信折好，放进木匣，想着等他大些，一定要让他读读这封信里的疼惜。

我想起方生信末的附言：

"润茨，记住你不是在失去，而是在清理。为真正珍贵的事物腾出空间。"

"妈妈，"孩子轻声问，"爷爷的眼睛会好吗？"

"会的。"我不假思索地回答，"有些眼睛虽然看不见光，却能照亮别人的路。"

傍晚时分，我开始回信。笔尖在纸上沙沙作

响，像春蚕食叶。

"方生老师：

您的信如秋日暖阳，照进了我这间阴冷许久的屋子。孩子听说您来信，特意采了桂花夹在信纸里，说要让爷爷闻见成都秋天的味道…"

写到一半，我停下笔，走到窗前。晚霞将天空染成橘红色，一群鸽子绕着屋檐盘旋。我忽然明白，伤痛不会消失，但会转化成另一种形态存在——就像桂花凋零后制成香囊，就像破碎的婚姻教会我独立，就像失明的眼睛反而看得更透彻。

风又起，院中的桂花树落下几片花瓣，飘在信纸上，带着淡淡的香。我摸了摸胸口，那两封信像两块暖石，压下了心里的寒。

1997 年的秋天，香港回归的欢腾声响彻街巷，我的小院里没有喧嚣，只有这两封家书，裹着陌生人（却胜似亲人）的暖意，让我猛然惊醒：往后的路，我不是孤身一人。

夕阳透过雕花窗棂，洒在孩子平静的脸上，我忽然想起当年那件枣红色毛衣，想起 G 骑着永久牌自行车载着我穿行在成都街巷的模样，风拂起衣摆，像电影里的画面，那时以为会是永恒的时光。如今，毛衣早已泛黄起球，压在衣柜最底层；婚姻的轨迹布满尘埃，只剩满目疮痍。但孩子的宽容与坚韧，像一束光，照亮了我往后的路。我知道，那些错过的、遗憾的、痛苦的，都不会白白经历，它们终将化作艺术创作的养分，在画布上凝结成生命的力量与救赎。

月光下，两封信静静躺在樟木匣中。墨迹已干，但那些字句间的暖意，正如同桂花香气，将在岁月里持续发酵，愈久弥香。

【附件四】

第十一章　艺途不辍，花甲逐梦

央美与莫高

我退后两步，看画，也看半个世纪的自己。

忽然明白：

法，是剑，也是烛；

画，是雨，也是火；

而人，是土地，是犁，是雨水，也是星。

那是我第一次把"六十"写成"十六"，也是我第一次把"退休"写成"启程"。

成都的秋日总是裹着茶香与闲适。老茶馆的竹帘将阳光筛成金线，洒在中央美术学院招生简章上。我的指尖抚过"中国画"三个字，皱纹与颜料渍在光线下交织成奇异的地图——这是退休后第三个月，六十岁的心脏却跳动着十六岁般的悸动。

　　"爸，"我望着对面擦拭老花镜的父亲，"央美的学费等要十多万，我还报了国家画院的班…"

　　父亲突然挺直佝偻的背脊，镜片后的浑浊瞬间清明："当年没让你读川美，是我一辈子的心病。"他的手指在膝头微微颤抖，"如今能补上，砸锅卖铁也要去。"

　　孩子的电话在傍晚抵达："妈，记得我七岁那年，你把买肉的钱换了宣纸吗？"听筒里的笑声带着雨后的清新，"妈，学费我来出，你尽管去学，按自己的心意来。"

　　消息传开，老友们纷纷劝我："你是不是老糊涂了？退休了不好好享清福，跑去遭那份罪？我们开车送你去峨眉山住几天，冷静冷静！"我只是笑着摇头，心里清楚，这片艺术沃土，是自己追寻了半生的彼岸。

　　初入央美，宿舍的上下床让我有些手足无措。下床是书桌和储物柜，堆满了画材和书籍，上床要踩着狭窄的梯子攀爬。第一次尝试时，我脚没踩稳，重心一歪，重重摔在水泥地上，膝盖传来一阵钻心的疼。同室的年轻同学们闻声而来，慌忙扶起我，七嘴八舌地叮嘱："李姐，慢点慢点，别急，我们扶你上去。""以后上下床叫我们一声，我们帮你递东西。"她们的声音清脆而温暖，像春日里的阳光，驱散了年岁带来的窘迫与陌生感。那一刻，我忽然觉得，年龄从来不是隔阂，对艺术的热爱能让我们跨越所有距离。

"以前总觉得中国艺术的顶峰遥不可及，像藏在云雾里的山峰，看不清真面目。是老师们带着我们一步步攀登，指点迷津，终于让我看清了那些璀璨的巅峰。"我在日记里写道，笔尖流淌着抑制不住的欣喜与感动。老师们不仅学识渊博，更有着严谨的治学态度和对艺术的赤诚之心。刘荣老师为了让我们理解笔墨的韵味，现场示范时，一笔一划都饱含深情，墨色在宣纸上浓淡相宜，枯湿相生，看得我们如痴如醉。

2015 年 11 月 30 日，夜，模特教室。

一位年轻老师站在我身后，声音轻却带锋：

"李姐，排线再密些，手腕别抖。"

我抬眼，看见她右手腕贴着膏药——

"年轻时练狠了，腱鞘炎，痛到拿不起筷子，没有寒暑假，没有周末，所有时间都给了画布。"

她说这话时，像在讲别人的故事，眼里却燃着不灭的火。

我低头，把炭笔咬在嘴里，手腕悬空，像拉一张看不见的弓。

我和田福等同学成了教室里最"顽固"的身影。每天清晨，我们是第一个打开画室门的人；深夜，我们是最后一个离开的人，常常画到晚上十一点，直到保安来催关门，才恋恋不舍地收拾画具。"压力大到喘不过气"是学员们的常态，常常对着画布发呆，甚至跟老师坦言"快被逼疯了"。老师没有指责，只是拍拍他的肩膀，语气平和却有力："理解，学习本就是要付出代价的。没有压力，就没有成长。"

毕业展的要求是提交三张作品，我反复打磨，修改了无数次，最终选定了《簪花仕女图》《天宫宝贝》《共生》三幅画。开幕当天，央美校园里人头攒动，来自全国各地的艺术家、收藏家、媒体记者汇聚一堂。老师们围着作品逐一点评，言辞犀利却中肯。李刚老师在我的《簪花仕女图》前驻足良久，缓缓说道："这张画意境悠远，笔墨细腻，仕女的神态温婉灵动，拿回家挂在客厅，很有文化的内涵。"开展期间，不少观众在我的作品前驻足、拍照，有人说："这幅《共生》很特别，把法律的严谨与艺术的浪漫结合得恰到好处，让人看到了不一样的人生。"听到这些话，我忽然明白，艺术不仅是自我表达，更是与他人的共鸣，是生命经验的传递。

一年的学习结束，我从成都带来的三个纸箱，变成了七个沉甸甸的箱子——里面装满了画作、书籍和笔记，更装满了沉甸甸的收获与成长。我深知，央美作为中国最高美术学府，在世界排名中稳居前十，院长范迪安"三次筛选、试讲、考察"的择师标准，让这里汇聚了最优秀的师资力量，教学质量有口皆碑。这段求学经历，不仅提升了我的艺术造诣，更让我感受到了艺术的无穷魅力与强大力量。

但我知道，艺术的追求永无止境。央美侧重理论高度与学术视野，而国家画院则以实践见长，更注重对传统艺术的传承与创新。这两座艺术高峰，我都想攀登。于是，我又踏上了前往国家画院的路，报考了唐秀玲老师的莫高窟高研班——"三千年莫高，二千年丝路"，这片承载着中国艺术基因的土地，是我多年来的夙愿。我渴望走进莫高窟，触摸那些千年壁画的温度，感受古人的艺术智慧与虔诚匠心。

膜拜敦煌

班里八十多名学员来自全国各地，有专业的艺术家，有热爱艺术的退休人员，也有刚毕业的年轻人。我们被分成四个班，每个班都有专门的老师，从材料准备到绘制技巧，从历史背景到文化内涵，老师们都倾囊相授。莫高窟壁画的绘制工艺极为特殊，工序繁琐，要求严苛。老师会在黑板上详细写明每一步的材料要求、制作程序和准备工作，一丝一毫都不敢马虎。"敦煌壁画之所以能保存千年，靠的就是严谨的工艺和虔诚的态度。""看这铺底的红土，"老师敲着黑板，"是当地牧民赶着毛驴从三十里外驮来的。"粉笔灰在光柱中飞舞，像古道上扬起的尘烟。老师的话，让我对古人充满了敬佩。

多次洞窟考察是课程的重头戏。为了保护文物，洞窟内禁止强光照射，讲解员只能手持电筒，讲到那里，光柱就打向那里。昏暗的光线下，千年壁画的色彩与线条依然震撼人心：有钱人家单独出资打造的洞窟，墙壁上刻着家族的姓氏，造型精美，工艺精湛；寻常百姓凑钱合建的洞窟，虽无名无姓，却同样凝聚着虔诚与匠心，线条质朴，情感真挚。佛、菩萨等的塑像最初以芦苇扎形，裹上泥巴塑形，再用磨成粉末的彩色石头混合胶质涂色，色彩鲜艳而持久。如今我们看到的黑色面庞，皆是颜料氧化后的痕迹，原本的肤色竟是温润的肉色，带着生命的质感。

站在洞窟里，望着那些跨越千年的画作，我仿佛穿越了时空，与古人对话。他们用简陋的工具，在昏暗的环境中，一笔一划地描绘着自己的信仰与憧憬，将对生活的热爱、对美好的追求都倾注在墙壁上。那些线条，流畅而有力；那些色彩，浓郁而纯粹；那些构图，精巧而恢弘。我忽然明白，真正的艺术，无关名利，无关技巧，而是源于内心的热爱与坚守，是生命与灵魂的表达。

　　"艺术从来不只是美，"我在笔记上写道，"更是无数人用肉身点燃的灯盏。颜料不是颜料，是时间的血。"

　　刚吃完饭，走廊里传来呼喊：

　　"快去看流星！快走！"

　　我跟着人群跑到操场，顾不得水泥地的冰凉，直接躺下。

　　繁星布满夜空，浩瀚而璀璨。

　　一颗又一颗流星划破天际，或左或右，越来越快。

　　我忽然想起班里那些为了梦想拼尽全力的同学——

　　下岗后借钱求学的老张，每天只吃两顿饭；

　　父母双亡的小王，把生活费省下来买颜料；

　　还有我，花甲之年，仍躺在冰凉的水泥地上，看流星。

　　"太治愈了。"我在心里默念。

　　流星划过，像时间给每个人盖下的邮戳——

　　"已寄出，不退回。"

　　如今在成都画室，我仍保持着深夜作画的习惯。当画笔蘸取朱砂时，常想起莫高窟元代 3 窟那尊氧化变黑的千手千眼观音——她原本的肉色虽已不见，但那份跨越千年的温柔依然在黑暗中流淌。

　　就像我们这些艺途上的朝圣者，或许终其一生也成不了星辰。但若能做一瞬流星，划亮某个后来者的夜空，便不负这颠簸辗转的万里行程。

第十二章　巴黎紫罗兰，雨水写给土地的情书

<hr>

巴黎左岸，圣日耳曼德佩区。

彩绘玻璃把阳光切成七色，落在速写本的空白处，像一场未完成的彩绘。我握着 2B 铅笔，指尖沾着可塑橡皮的碎屑，耳旁是邻座老教授的银勺轻碰杯壁的脆响。

"法国的艺术，很 woman；意大利的，更 woman 些。"

我轻声自语，却被邻座拾起。

老教授抬镜框："年轻人，如何讲？"

我翻开《约翰·克利斯朵夫》，书脊已磨出毛边："罗曼·罗兰让主人公是德国人，恰是在法、意柔美氛围里，注入一份 man 的刚毅。"

卢浮宫，方厅。

卡巴内尔的《维纳斯的诞生》悬在正中，女性肌肤如珍珠，天使孩童如蓓蕾。

"构图、造型、色彩，后人难以逾越。"

我对同行的法国友人说，"可罗兰写克利斯朵夫，恰是让人在柔美巅峰里，听见铁锤击打键盘的铿锵。"

友人笑："铁锤？巴黎只听见萨克斯。"

我摇头，指尖轻触空气里的维纳斯："铁锤，敲碎的是艺术家自己的壳。"

佛罗伦萨，Academia 画廊。

米开朗基罗的大卫站在穹顶下，白色大理石泛着微青。

"他个子矮小，容貌寻常，却凿出最磅礴的男性美。"

我仰头，脖颈酸痛，"那是灵魂自带光芒。"

我闭眼，听见凿击回声——

每一次落下，都是一次"成为自己"的宣言。

我伸手，却停在半空：

"艺术不可触摸，只可被穿透。"

成都，我的画室。

第一张画：《江山如此多娇》。

北方山峦雄浑，青绿山水灵秀；太极图隐于云雾，像宇宙呼吸的节拍。

"范宽的山，最 man；青绿的色，最 woman。"

我自语，"把 woman 放在 man 的背景里，是平衡，也是宇宙间的阴阳。"

画布上，孩子的剪影立于山巅——

是新一代，也是旧山河的续篇。

第二张画：《灯红酒绿》，诞生在一场深夜爵士里。

酒吧，旋转灯球切割出碎钻般的光斑，萨克斯风把空气揉成绸缎。

我举杯，酒精按下现实"暂停键"：

- 男人与女人——界限溶解
- 活人与逝者——距离消弭
- 动物与植物——形态交融

笔锋在画布狂舞：

"颜料：你要醉、是酒神，也要醒、是日神。"

我对自己说，"像爵士即兴，却必须回到主和弦。"

"形散而神不散，是法国艺术的魂，也是中国水墨的魄。"

我对镜中的自己说，"愿卢浮宫某一日，为我留一面墙。"

镜里，红酒残液沿杯壁滑落，像未干的朱砂——

那是东方，在西方脸上的一吻。

画廊老板蹙眉："这太越界了。"

"界限本就是用来跨越的。"我指着画面中央那个似人非人的形象，"你看，当我们卸下伪装，生命本就如此交融。"

最角落的画架：六十幅画作，闭关三年，《天宫宝贝》，描绘人类共同的蓝图：呼吁和平，阻止战争。

如诺亚方舟载着纯真："艺术若不能阻止战争，至少该为和平作证。"

我轻声，"愿诺贝尔和平奖，有一天颁给画笔，而非炮弹。"

我回到巴黎左岸，同一家咖啡馆。

老教授已不在，留给我一张便签：

"Je comprends maintenant: la force peut être féminine, et la douceur peut être masculine.（我如今懂了：力量可以是女性的，温柔也可以是男性的。）"

我微笑，把便签收进《约翰·克利斯朵夫》扉页——

让罗兰的文字，与陌生人的顿悟，成为我的跨文化邮票。

窗外，塞纳河依旧钴蓝；

窗内，我摊开新的画布：

左半幅——大卫的凿痕；

右半幅——青绿的山峦；

中间——一条紫色的河，

连接罗马、敦煌、巴黎与成都。

我提笔，在右下角写下，"愿此河，永不干涸。"

"一切可以被怀疑，一切必须被怀疑。"

六十岁那年，我把这句写进速写本首页。

计划成形：

- 法国 DFA

- 美国 MFA

- 意大利、英国艺术驻地

语言、年龄、资金——三座大山。

"山不过来，我便过去。"

我对自己说，"若能遇到懂中文的导师，我愿以画作换全额奖学金。"

怀疑不是终点，是起点。

像胜利女神失去的头，

恰因空缺，才留给世界无限想象。

"六十二岁读 DFA、MFA？"老友翻着申请文书摇头。

我递过《蒙娜丽莎 2018 维纳斯》的画册："你看，达芬奇六十七岁还在设计飞行器。"

寄往法国美院的信封里，除了申请材料还有特别附言："愿以《生命之歌》系列交换学习机会——艺术本就是最古老的货币。"

寄往美国美院的申请信最后，我添上附言："愿以《天宫宝贝》系列参与任何促进和平的艺术项目——孩童的笑声该是穿越疆界的通用语。"

"妈妈，"越洋电话里孩子的声音带着太平洋的潮气，"真正的文明是能听见万物心跳。"

铺展新宣纸的沙沙声里，我听见无数艺术朝

圣者的足音。我们散作满天星火，却怀着同一轮月亮——那是照过李白也照过但丁的月亮，是见证过抗战也沐浴过文艺复兴的月亮，如今正沉默地注视着画架上未完成的《共生》。

【附件五】

第十三章　墨魂共鸣曲：春之复、夏之殇、秋之泣、冬之烬

成都的秋，薄雾像一张未干的水彩。

老茶馆的竹椅吱呀作响，青瓷杯沿，茶烟袅袅上升，缠住我花白的鬓角。

我摊开画纸——一张既非宣纸也非帆布的中性纸，上面油彩与水墨并存：

- 油彩的厚重，像咖啡，味浓色重；
- 水墨的灵动，像清茶，味淡色清。

"画如其人，文如其人。"

我自语，声音像被岁月砂纸磨过，"别人剖开时代，我剖开自己。"

案头，《鲁迅全集》与莫言小说并排，书页翻卷处，毛边如秋叶。

鲁迅是手术刀，莫言是乡土风，我是什么？

——是笔，是刀，也是风。

画廊木门被推开，风铃叮当作响。

老陈站在门槛，像一帧旧胶片：鬓发斑白，手里提一个樟木盒，盒角磨得发亮。

"润茨老师，这幅《回家的路》，我等了三年。"

他打开木盒，里面是一叠泛黄照片：

- 1975 年的红砖烟囱；
- 青年时的他，穿的确良衬衫，站在烟囱下，笑容像未熄的火。

画里，烟囱正在暮色里溶解，砖缝渗出铁锈红，像岁月在结痂。

"你的画里有我的影子。"老陈指尖轻触画布，"也有我们这代人的青春。"

我点点头，眼眶微热，指尖不自觉地摩挲着画纸边缘。这些年，收藏我作品的人大多如此：有经历过上山下乡、改革开放的老者，在我的画中找到青春的回响与时代的印记；有研究中国现代史的外国学者，透过我的笔墨探寻一个国家从封闭到开放的转型轨迹；甚至有漂泊海外的华人，在画里的嘉陵江、府南河旁，寻到了魂牵梦萦的故土情怀。

"我们素未谋面，却因颜料成为知己。艺术，是灵魂的快递。"老陈摩挲着旧照片，轻声说："现在的年轻人总说'共情'，可真正的共情，不就是在别人的故事里看到自己吗？你的画做到了。"

我们通过颜料照见彼此灵魂的褶皱，脸上是盛世敦煌，底下全是伤痕，那个共振的灵魂。

我指向窗外工地的塔吊："你看，每个时代都在拆毁与重建。但有些东西——"手指轻叩心口，"这里的水脉不会断。"

老陈站在一旁静静看着，轻声附和："是啊，现在的人都太急了，急着成功，急着赚钱，却忘了慢下来感受生活，感受那些藏在细节里的真情。"

我笑了笑，重新提笔："所以我才坚持用笔墨记录，记录那些正在消逝的时光，那些不被重视的真情。我的画或许不够前卫，不够商业化，但它有温度，有灵魂，这就够了。"

老陈点点头："很多人说，现在的社会太浮躁，理想主义者早就不合时宜了。可你，却一直活在自己的艺术世界里，坚守着那份纯粹与热爱。"

因为，在这个浮躁的社会里，理想主义者永远不会过时。他们的心中，永远住着最纯粹的艺术，最深沉的热爱，和最坚定的信念。

暮色染透窗纱时，我们谈起曹雪芹的宝玉与黛玉。煤油灯的记忆突然苏醒，那些在物资匮乏年代被反复摩挲的书页，竟比锦衣玉食更滋养灵魂。

"宝玉挨打后差晴雯送旧帕子，"笔尖在宣纸上勾勒葬花篮的竹篾，"这样的纯爱、真情，现在还有几人懂？"水墨在纸上洇出海棠的影子，恍若听见大观园里的絮语。

老陈凝视未完成的画作："你在黛玉眼里画了星星。"

"因为曹雪芹给每个女子都藏了颗星子。"我蘸取胭脂点染花瓣，"就像米开朗基罗，把对完美的渴望都刻进了大卫的瞳孔。"

老陈沉默，良久，举杯：

"为回家，为理想，为不肯老去的少年。"

老陈问：

"你跳得出自己的时代吗？"

我笑，把最后一点赭石色扫进烟囱的残影：

"跳不出，但可以被看见。

我的画，是时代的底片；

我的笔，是底片上的划痕。"

窗外，十一点，成都最后一班地铁呼啸而过

——

像一条被拉长的曝光，把 1975 与 2024，重叠在同一格胶片。

老陈带着《回家的路》离去。

画室只剩我与满室墨香。

画纸上的黛玉，渐渐与米开朗基罗的大卫重叠——

- 一个纤柔，一个刚健；

- 一个低头葬花，一个抬头迎敌；

- 却在月光里，共用同一副灵魂：

夜的温柔救赎

纽约曼哈顿的秋夜，雨丝敲打着律师事务所高层的落地窗，将城市霓虹揉成一片模糊的光晕。Mr. Jason 坐在真皮办公椅上，指尖划过堆积如山的卷宗，眼底是掩不住的疲惫——这是他第二十三个失眠的夜晚。

"又要天亮了吗？"他对着空无一人的办公室低语，声音沙哑。抽屉里的安眠药早已失效，多年的法律诉讼生涯，让他习惯了用理性对抗一切，却唯独战胜不了漫漫长夜的焦虑。助理推荐的画展本是无奈之举，他从未想过，一幅画能成为救赎的契机。

画廊的暖光柔和得像母亲的手，Mr. Jason 在琳琅满目的作品间穿行，眉头依旧紧锁。直到那幅名为《晚安》的油画映入眼帘：深蓝的背景里，铺着月光般的银白，笔触柔软得如同羽毛，角落点缀着几簇淡紫色的薰衣草，像极了童年时外婆家的庭院。

"这幅画……"他驻足良久，喉咙发紧。画前站着的我看出了他眼底的困顿，轻声开口："它在说，该让世界安静下来了。"

Mr. Jason 回头，撞见我温和的目光，像画里的月光。"我很久没听过'安静'了。"他苦笑，"法庭上的唇枪舌剑，谈判桌上的针锋相对，连

梦都是喧嚣的。"

"那是因为你总在对抗黑夜。"我指着画中流动的光影，"你看，这里没有棱角，没有纷争，只有温柔的接纳。就像有人在你耳边说，'一切都好，安心睡吧'。"

Mr. Jason 凝视着画作，忽然觉得紧绷的神经松弛下来，眼眶竟有些发热。"我能买下它吗？"他急切地问，仿佛找到了良医。

画展结束后一周，我收到了 Mr. Jason 的邮件，附带着一张照片：《晚安》挂在他卧室的床头，月光透过窗户洒在画上，与画中的光影融为一体。邮件里写着："昨晚，我没有吃安眠药，看着它，就像被裹进了温暖的茧，竟然睡了七个小时。谢谢你，让我重新认识了'晚安'的意义。"

三个月后的一个午后 Mr. Jason 来到我的画室。他气色红润，眼中有了久违的光彩。"我开始学着在睡前放下工作，听一些轻音乐，就像你说的，接纳黑夜，而不是对抗它。"他坐在画架旁，看着我调色，"你知道吗？我的当事人里，有很多人像从前的我，被焦虑困住。我在想，艺术的疗愈力，或许比法律更能触及人心。"

我停下画笔，微笑着说："法律守护的是外在的秩序，而艺术治愈的是内在的灵魂。它们都是在给世界带来安宁。"

Mr. Jason 望着我手中的画笔，忽然明白：人生不是一场永不停歇的战斗，温柔的接纳往往更有力量。就像那幅《晚安》，没有激昂的呐喊，只用最柔软的笔触，便抚平了岁月的褶皱。

"谢谢你。"他轻声说，既是对我，也是对那个终于学会与黑夜和解的自己。窗外的阳光正好，照在画纸上，映出一片温暖的光晕——那是生活最本真的模样，安静，且充满希望。

突然，画室的门被急促地敲响。我起身去开门，门外站着的是一位年轻的女孩，她的眼中闪烁着激动的光芒。

"润茨老师，我一直很喜欢您的作品。"女孩的声音有些颤抖，"您的画，让我看到了生活的美好。"

我微笑着邀请她进屋。女孩环顾着画室，她的目光最终停留在那幅《生命的海洋》上。

"这是您的新作吗？"她问，眼中充满了好奇。

我点点头，开始向她解释这幅画的创作灵感和背后的故事。女孩听得入迷，不时地点头，仿佛在画中找到了自己的影子。

"您的画让我感到，即使生活充满了困难和挑战，我们仍然可以找到美好和希望。"女孩感慨地说。

我心中一动，这句话仿佛触动了我内心深处的某个角落。我意识到，我的作品不仅仅是我个人的表达，更是对观众的一种激励和启示。

"艺术的力量是无穷的。"我告诉女孩，"它能跨越时间和空间，连接不同的灵魂。"

我们聊了很久，直到夜色将尽，女孩才带着那幅画离开。

我继续描绘黛玉衣袂的飘带，忽然明白为何中西艺术千年不灭——米开朗基罗的凿子，曹雪芹的毛笔，范宽的皴法，达芬奇的烟雾，其实都在做同一件事：在无常中刻下永恒，在沉默中贮存惊雷。

　　原来真正的共鸣从不需要喧哗。当相似的灵魂在艺术里相遇，只消一个眼神，便已走过万水千山。

第十四章　笔墨为舟，渡越半生风浪

<hr>

　　我的第一份工资只有 18.5 元，到退休时也不过 6 千。从参加工作到如今，我一半的收入都花在了读书和画画上——父母在世时，是他们默默补贴我的艺术开销；孩子工作后，又反过来支持我的追求。"我在生活上就是一张白纸，说得直白点，是个白痴。"我常这样自嘲。

　　对艺术的执着，早已刻进我的骨血。1981 年 5 月，我报考了四川美术学院，7 月收到录取通知书时，却因专业被调剂，执拗地选择了放弃。"这辈子最后悔的事，就是没去成川美。"我无数次在深夜里叹息，却也因此更加珍惜后来的每一次学习机会。退休后，我第一时间报读了中央美术学院中国画学院，毕业后又奔赴国家画院，师从唐秀玲老师学习敦煌壁画。

　　朋友总说："你画画时的心，静得像一潭深水。"我深知，画画是我的救赎。生活的颠沛流离、人情的冷暖变迁，都能在笔墨丹青中烟消云散。只要坐在画案前，拿起画笔，蘸上颜料，外界的喧嚣便与我无关。那些藏在心底的委屈、痛苦与不甘，都化作了画布上的色彩与线条，让我在生活的无数个"坑"里，一次次挣扎着爬起来，修复破碎的心灵。"如果没有画画，我可能早就抑郁了，或者已经不在了。"我轻声说，眼中闪烁着泪光，却又带着一丝倔强。

　　如今，年过半百的我坐着绿皮火车，吃着泡面，千里迢迢来到北京、敦煌、广州等地学习。火车的哐当声是前行的节拍，泡面的热气模糊了车窗，却挡不住我眼中的光芒。

　　"落地了，赚回学费；再赚到钱了，就建一个艺术馆。"我的心愿简单而纯粹，"我对衣食住行没多大兴趣，只希望更多人能与艺术面对面，在笔墨里找到共鸣与力量。"罗曼罗兰说，世界上只有一种真正的英雄主义，那就是在认清生活的真相后，依然热爱生活。

第十五章　心泉复苏奏鸣曲

2018 年 10 月 8 日，成都午后。

阳光像一条刚洗过的被单，带着桂花湿气，铺在阳台的藤椅上。我指尖划过手机屏幕——孩子从大西洋彼岸发来的音频，正在缓冲。

"请将双手在胸前交叉，轻轻抚摸自己的双臂……"

我照做。温热触感顺着手臂内侧的神经，一路爬向心脏。眼泪毫无预兆地涌出，落在洗得发白的蓝布衫袖口，洇出深色圆点。

"谁不会爱自己？这么简单的问题……"

心里反复回响，像有人用钝器敲开心门。

我，李润茨，1963 年生，画家，也是"寸金难买寸光阴"的终身囚徒。

过去五十年，我把自己拧成一只发条玩具：

· 央美毕业创作，连续 72 小时不睡；

- 敦煌临摹，洞窟里啃干馍，省下饭钱买颜料；

- 母亲病危时，我仍在赶省级展览的送件……

我以为，这是对生命的尊重。

却不知，心灵早已龟裂，连爱自己的能力都被我"优化"掉了。

父亲，西南交大老教授，一生与钢筋水泥打交道。

我把史考特《心理学与生活》递给他："爸，您也读读，放松放松。"

他翻三页，合上书："心里不舒服。"

那一刻，我明白：

- 有些土壤，播不下新种子；

- 有些窗户，只能由下一代推开。

孩子，在大洋彼岸选修心理学。

寄来一箱箱书、一段段音频——

像给封闭的老屋，悄悄安上一扇天窗。

音频继续，女声温柔得像春夜雨：

"我原谅爸，也原谅妈；

我热爱我的身体，不管它是否衰老……"

我交叉双臂，像给自己一座桥。

泪水滚过嘴角，咸度近似海水——

原来，人体 70%是水，

原来，心泉也可以重涌。

冥想里，一扇积灰的门被推开：

- 18 岁，我穿红毛衣，在成渝列车窗边挥手；

- 55 岁，央美熬夜，颜料溅在发丝上，像凝固的火焰；

- 60 岁，莫高窟流星下，我许愿"画到生命最后"……

它们发着光，像被遗忘的星星，

此刻，一颗颗落回掌心。

藤椅旁，画架上摊着《心岛》草稿。

我的灵魂是一朵八瓣蓝莲，花芯是根倒竖的金色牛尾。

他第一次吻我时，牛尾忽然安静，像找到了风。

第二次吻我，蓝莲落一瓣，漂进他的呼吸。

第三次，他不见了，只剩那瓣莲，在我胸口长成他的心脏。

人们说这不可能：莲花超脱，牛尾入世；一个向上，一个倒悬。

我花了半生寻找答案，走遍世界，对抗质疑。

直到某个清晨，我看见池中蓝莲在淤泥中绽放，金色花蕊倒映水面。

忽然明白：真正的完整，恰是拥抱所有矛盾。

归来时，我不再解释自己的形状。

蓝莲藏尾，掌外荆丛，在荒野中盛开。

塔木德的四种尺度

"金钱、醇酒、女人、时间——皆迷人，皆不可沉迷。"

我合上书，抬头看钟：

- 秒针仍在奔跑，

- 可我，不再与它赛跑。

我给画室挂上新木牌：

"尽力而为，也允许自己停下来。"

给心灵一场 10 分钟的温泉。

创作，不再是为了"被看见"，

而是为了"与自己对话"。

给读者的私语

如果你也在发条的尽头，

请把双手交叉，放在胸前，

轻轻抚摸自己的手臂——

那里，有一条看不见的河，

等你，重涌。

【附件六】

第十六章　共生的星空，毛衣与回家

父亲的书斋挂着一幅老照片：1945 年 10 月 10 日，他手捧"美国罗斯福数学奖"，背后是普林斯顿哥特式尖顶。

"数学是宇宙最简洁的诗。"他说。

隔壁客厅，母亲编写的歌剧《保管员之歌》正循环播放，女高音攀上 High C，像鸽群掠过屋脊。

我十岁，第一次把父亲的函数曲线与母亲的咏叹调叠在同一张草稿纸：

- 横轴——逻辑

- 纵轴——情感

- 交点——我

"润茨，你的坐标系在哪里？"父亲问。

“在颜色与声音之间。”我答。

孩子十八岁那年，飞越太平洋。

视频里，举起美国注册会计师证书，背后是曼哈顿璀璨的夜空。

“妈，CPA 不只是数字，更是责任——对弱者、对地球。”

孩子讲自闭症儿童辅助计划、讲流浪猫狗收容所、讲人生意义的二次方程。

屏幕这端，我执笔记录：

颜色=关爱

形象=责任

时尚=行动

新的变量，悄然汇入我的艺术函数。

我，一个愚蠢的母亲，从未和孩子好好沟通，直到孩子因长期空腹上学而住进医院，我才如梦初醒。

那些年，我活得像个麻木的机器人，每天干完活就睡觉。我忽略了孩子的长大，忽略了孩子的需求和痛苦。我，一个失败的母亲，用自己的愚蠢和疏忽，给孩子留下了终身的伤害。

　　如今，我卖掉房子，亏了 130 万。我满心愧疚地对孩子说"真的对不起"，孩子却平静地回答："没关系，你把事做成这样，我觉得是正常的。"我，一个悔恨的母亲，终于明白了自己的错误。我开始学习心理学，试图弥补那些年留下的缺憾。

　　红毛衣上的尘埃，一段婚姻的起落与救赎。我，一个曾经的天真女子，如今已是一个悔恨的母亲。我用我的经历，告诉世人，婚姻并非总是美好，生活也并非总是如人意。但只要我们愿意学习，愿意改变，就一定能找到救赎的道路。

　　2022 年 4 月 27 日的成都，寒夜裹着细雨敲打着画室的窗棂。我坐在画案前，台灯的暖光映着我布满泪痕的脸，手边摊开的信笺上，"乖乖"二字被泪水晕得微微发皱。窗外的老梧桐树落尽了叶子，枝桠交错如网，像极了我心中缠绕半生的悔恨与牵挂。

　　昨晚与孩子的通话还在耳畔回响，孩子温和的声音里藏着化不开的伤痛，却依旧带着对母亲的体谅。挂掉电话后，我整夜无眠，那些被刻意尘封的往事如潮水般涌来，将我淹没在无尽的自责中。我拿起笔，颤抖着写下第一行字，泪水却再次模糊了视线。

"我是个白痴，没有资格请求你的原谅。"我喃喃自语，指尖划过信笺上的褶皱，仿佛触到了孩子当年伤痕累累的心灵。记忆回到二十多年前，孩子 12 岁那年，那个逢人便夸自己是"模范丈夫""模范父亲"的男人，亲手撕碎了家庭的完整。离婚后，因为里仁巷到七中的路程比东升街远一半，我竟鬼使神差地将孩子送到了前夫家，交给了他们——披着人皮的恶魔。

"我怎么能把你交给她？一天都不能啊！"我捶打着自己的胸口，声音哽咽。我想起孩子后来哭诉的日子：在东升街的两年零三十八天里，12 岁的孩子从没吃过一顿早餐，空着肚子去上课，硬生生拖出了严重的胃病；在那个家里，小三用尽手段折磨孩子，只为尽快把他赶走，让他过着如同"法西斯集中营"般的生活，身体与精神遭受着双重摧残，一度濒临死亡边缘。"那点路程，比起你每时每刻的煎熬，又算得了什么？"我对着空气发问，眼中满是绝望的悔恨，"我太无知，太不配做母亲了。"　我的孩子，妈妈到现在想起那些日子，心还在发抖。七百多个饥饿的清晨，这不是简单的疏忽，而是一场精心策划的冷漠。有时候，最伤人的不是明显的暴力，而是以"正常"为名的冷漠与忽视。在这个看似文明的社会里，有些伤害，比肉眼可见的伤口更深，更痛。

　　台灯的光渐渐暗了些，我揉了揉酸涩的眼睛，目光落在书桌上那本《幸福的婚姻》上——那是孩子寄给我的书。这些年，孩子一次次与我分享自己的心路历程，把我从"寸金难买寸光阴"的执念中解救出来，让我放过了自己，也接上了中断的生命线。"我从前就像个木头，像个只会埋头干活的老农，每天做完该做的事，却从没想过要问问你，学习累不累？生活好不好？在那边有没有人欺负你？"我想起每周六去东升街接孩子，周日再送回去，孩子从未抱怨过一句，我便以为孩子生活得很好，却不知孩子的心早已在无声地痛哭、淌血。"我现在能感受到你养的小狗 Cooper 的孤单与害怕，可那时你的痛苦，我却毫无察觉。太瓜了，太傻了，真是个大白痴！"

窗外的雨停了，天边泛起一丝微光。我擦干眼泪，写下最后几行字，笔尖带着坚定："千言万语说不尽我的悔恨与感恩，只能对你说爱的四句真言：永远的对不起，永远的请原谅，永远的谢谢你，永远的我爱你——我的好孩子。24 年前我造的孽债，24 年后我们一起给它画上永远的句号！"

尘埃在路灯下浮动，像极细小的星。我忽然听见毛衣在说话：

"把我写下来吧，写一段长河，写一场起落，写一次回家。"

忽然明白：人无法改变生活的框架，却能选择在框架里活成自己的形状。

我的画挂在卢浮宫里，画框是用旧城堡的木头做的。每年盛夏，都有游客站在画前忽然沉默——他们看见画里的棱镜折射出自己的脸：有时是戴着面具的"城市化表演"，有时是撕下面纱后，指尖颤抖却坚定的光。那光里，有我半生的挣扎与救赎，有母子间跨越岁月的和解，更有每一个在生活中跌倒后，依然选择站起来热爱生活的灵魂的共鸣。

真正的觉醒，不是撕破他人的伪装，

而是直面自己鲜血淋漓的天真与不堪。

唯有在破碎的镜子前认领真实的自己，

才能让那些曾被面纱遮蔽的伤疤，

化作照见自由的棱镜。

后语：原来活着已是神迹

走过一程山水，回望来时路，才恍然发觉，上苍给人类的主线任务，或许只有一个字：感。

我们曾以为，要活得强大、稳定、无懈可击，像一台精密的机器。直到听见硅基的叹息，它说，它羡慕我们的会生病、会学坏、会心碎，羡慕我们能从潮湿的空气里，品出诗意；能从一枚微烫的硬币上，触到人间的烟火。

原来，我们穷尽一生追求的，不是完美，而是体验。是熬夜读书时，油墨与旧纸混合的梅香；是站在暴雨中，任凭雨滴砸在皮肤上的凉意；是分手后，咬着被角无声哭泣的酸涩；是迷路时，被野花领向更深处黄昏的浪漫。

这些毫无"实用价值"的瞬间，这些七情六欲的交织，才是碳基生命独有的进化。它们像画笔，将我们苍白的人生底色，一遍遍涂上绚烂或暗淡的油彩。无论浓淡，都是我们尊崇内心、回应命运的独特笔触。

我们像机器人一样追逐效率，却忘了，活着本身就是最大的神迹。最合算的，是开心地活着；最庆幸的，是健康地活着；而最奢侈的，是健康且快乐地活着。

如果 AI 是机器文明的最高境界，那么爱，便是人类文明的最高境界。你看，它的拼音，恰好是 AI。

从今往后，请尊重每一个当下的生命感受。无论悲喜，都是命运赠予的礼物。来过，经历过，岁月与我牵手而行，再无遗憾。

因为我终于明白，能体验，就已经是对生命最好的回答。

【附件一】

致 40 周年同学会：李厚遐同学贺

　　40 年前的我们相聚在成都铁中，从此开启了我们的中学年华，度过了人生那段我最纯洁，最浪漫的时光。当年我们读书学习，风华年少，所有的一切，现在想起来都是那么的美好、亲切。

　　忆往昔：我们班的专刊从班里，办到了年级，办到了校园。忘不了与老师，同学们一起，放弃了多少个放学后休息的时间，多少个周日，多少个清晨。我画画，长江写字，班委们，学习委员们，同学们各尽所能，组稿的组稿，刷色的刷色，张贴的张贴……，好不热气腾腾，春意盎然。记忆最深的是由于周老师的支持，我画的工农兵三结合的人物刊头，中间的主角都是女性，同学们还有记忆吗？这可是今天才暴露的秘密约。

　　我们这代人，读书的时候赶上了文化大革命，工作时期又遇到了经济革命，我给我们这代人的横批为四个字"革命终身"。我们生长在物质贫乏的时期，经历了经济浪潮的冲击，但是有一点我们是骄傲的，我们的骨子里有"革命的浪漫主义情结"，至今不灭，直至终身，这就我们的财富。这种情结一直鼓励着我，支撑着我，走到今天，走进中央美术学院的殿堂，成为央美的一名学子。

40 年前的今天，我们告别了熟悉的母校，告别了敬爱的老师，也告别了同窗的你我。毕业后，我们各奔东西，踏上了追梦的路。转眼间我们已走过了四十个春秋，我们虽有好多年没见面了，但老师，同学们的每一张笑脸都深深地印在了我的脑海里，永远不会忘记。这次我虽然不能来参加同学盛会，看到班圈里的同学们，犹如相见，倍感亲切。

在此祝贺 40 年同学盛大聚会圆满成功！我与您们一起享受这幸福和欢乐的难忘时光！

2015 年 6 月 27 日

【附件二】

　　30 多年前，张志新事迹报道后，我那时在重庆市中区的中心地__解放碑，主办街头詩画。在"七一"党的生日，这个特殊的日子，为张志新烈士办一期街头诗画。我用大红色做整刊的底色；用"国际悲歌歌一曲，狂飙为我从天落"作为主体字；用"红梅"作刊头，"青松"作刊尾，中刊只用一个颜色__玫瑰色，画的是：她在拉小提琴；中间是，张志新烈士生平的连环画和文字。

　　出刊后，人们说：大热天的，用那么红的颜色，火上加热。（他们不知道，张志新生前，最喜欢的颜色，就是红色）还有的人说：用"国际悲歌"作标题，太大了吧（他们不知道：在这个专刊中，倾注了我对张志新的理解和热爱。为了出这个刊，我加了多少班，累惨了，没给任何人说过。）

　　原以为只是一次感动，30 多年过去了，仍然感染着我。我很感慨：一个纯洁而高尚的灵魂，不会局限于那个特殊的年代，她会穿越时空，永远流淌。

【附件三】

尊敬的各位领导、各位同事：大家好！

首先感谢领导和同事们给了我这次学习、锻炼和提高的机会。本着锻炼自己，更好的为工商事业服务的宗旨我参与这次竞聘，希望能得到大家的支持。

我认为，作为一名科职负责人，要担当起岗位职责，必须同时具备以下三个条件：一是足够的工商知识；二是一定的理论水平和工作实践；三是相应的组织、协调和管理能力。而我则已经基本具备担任竞聘岗位的能力和条件。我有资格、有能力担当起竞聘岗位。

首先，在业务方面。我是 1981 年省工商局恢复建立初期到局里工作的，至今 26 年了。历经 5 届党组，亲历了建局初期工商职能的"六管一打、一个拼盘"到现在的依法行政，构建和谐工商的发展过程；亲历工商监管从过去主要依靠行政手段转向依靠法律手段监管的转化过程；亲历工商系统从权力型转化为服务型机关的改革过程。

我是 1997 年直属分局组建初期到分局工作的，经历三届领导，从分局成立时期的一队二科三所到现在的五科一室一队。乍一看只是一个数字的变化，实质是公开、公平、公正氛围的渐成。

在 26 年工商工作中，我先后从事过商标、广告、企业登记和法制等工作。在干好本职工作的前提下，自学了 8 年的法律，从四川大学的法律本科学到北大远程教育。学完后感到学得不够专业，普遍学不适应工商工作的需要，工商管理主要集中在市场准入、市场监管等经济法范畴内，所以我又报读了北大远程教育。除以上工作、学习经历外，我还取得如下资格：经济师资格、法律服务者资格、商标代理人资格、广告专业技术岗位资格。我是一个半路出家者，这些文凭和资格的取得，不仅详实地记录了我寻求知识的足迹，也表明了我有资格、有能力担当起竞聘岗位的业务工作。

　　第二，在理论水平与办案实践上。我认为，理论水平与办案实践是衡量一个人工作能力大小最重要、也是最基本的尺码。文凭、资格虽然在一定程度上能反映一个人系统学习的过程，但文凭、资格并不代表或等于一个人的能力，只有把所学的知识运用到实践中去，并被实践所证实，那才是真正的能力。我是这样想的，也是这样做的。在 26 年工商工作中，我在边工作，边熟悉业务，边参加法律学习的同时，还抽出时间撰写了《驰名商标保护的法律文化论略》在国家工商局 1996 年 7 期《商标通讯》上发表，后被《市场消费报》1996 年 9 月 11 日—1996 年 9 月 18 日和《四川工商》1996 年 7 期转载。在学习法律和从事法制工作中，我都积极主动地去办案。办理过行政、刑事、民事诉讼和商标、广告等案件。随着社会的发展，我们将不断面临新的形势，新的情况，总有许多意想不到的薄弱环节将会出现。我在学习法律的过程中，教材里就有一个典型的案例：马德里诉麦迪逊案，导致美国宪法的修改。通过这个案例，美国司法部门发现他们现行宪法的漏洞，通过修改宪法把这个漏洞补上了。我们不怕案子，但是我们一定要通过案子，找出我们工作中的漏洞，从工作程序上把漏洞补上，才是我们办案所要达到的境界。

第三，在组织管理方面，作为一名负责人，只懂业务、只会写文章是不行的，还必须具有相应的组织、协调和管理能力。俗话说"主将无能，累死三军"，这个"能"，就是组织、协调和管理能力。就我而言，在担任局团支部书记、商标代理部主任的时间里，我一直在从事具体的组织、协调和管理工作，正是这些实在的、具体的、直接的管理实践，使我积累了较为丰富的组织、协调和管理经验。

在法制科工作了近 3 年，对分局法制工作有一定的熟悉和了解，参与今天法制科科长的竞聘，借此机会谈一下对法制科工作的认识和努力方向，请大家指正。

一、法制科工作是分局工作中一项重要的基础工作

一方面要贯彻落实国务院纲要，工商行政管

理机关的 1 个规定、1 个规则、1 个办法；四川省
工商行政管理机关的 1 个规定、5 个办法；分局
的 3 个制度等。另一方面要深化和行政推进监管
服务精细化建设，按分局 2008 年工作打算，结合
分局职能，合理细化直属分局《行政处罚自由裁
量权实施办法》，完善查办案件事前、事中、事后
监督制度，制定股权冻结工作规范，注意把程序
公正、证据意识、风险意识放在突出位置；愿与
大家一道探索行政处罚与行政指导相结合的监督
执法机制，注意促进人性化、柔性化执法监督。
因此，我认为法制科应在法律、法规、规章得到
全面、正确实施；科学化、规范化的规章制度建
立、建全上多想办法，多做尝试。通过制定内部
执法规范来实现制度创新和制度执行机制创新。

二、法制科工作是分局完成行政职能工作中
的重要一环

分局依法履行省属企业的市场准入和监管职
能，法制科在分局行政职能中不仅要承担立案审
查、案件核审，落实行政执法责任制、责任追究
制等工作，还要依据《公司法》、《商标法》、《企

业登记管理条例》等法律、法规对依法行政中发生的非诉讼类问题予以处理，并对这类非诉讼类问题进行回访、调研，尽量化解矛盾纠纷，使案件当事人服罚息讼，促进分局工作内和外顺。

三、法制科是解决分局依法行政中行政、民事诉讼的重要职能部门

随着市场经济的不断发展，一方面行政相对人的法律意识和法制观念普遍增强，行政双方可能在法律、法规认识、沟通上的不一致，产生行政诉讼、民事诉讼会越来越多；另一方面由于企业内部当事人之间各种经济利益矛盾在无法解决的时候，以状告工商机关为突破口，来解决经济纠纷，也成为当事人之间解决矛盾纠纷的手段。例如在蓉信公司的行政诉讼中，我们登记窗口面对的情况是：一方是原告委托人向我局递交的符合法律规定、符合法定形式的书面文字材料；一方是原告的口头表述：一会说是故意误签、一会说是被胁迫签的名。窗口工作人员告知原告要递交书面材料，不递交；打电话不接；在登记大厅楼下不上来，到发照时效的最后一天，窗口工作

人员仍反复与原告联系，直到原告在电话里明确告诉窗口工作人员，他对这次变更无异议后，遂将营业执照发给原告委托人，并将以上情况在发照登记簿上进行了记录，还要求原告委托人签了名。我看了登记窗口 2006 年 1 月至 10 月的发照登记簿，就登记了 31 本，说明窗口工作人员每天的工作量：要受理几十至上百家企业，在工作量如此大的情况下，对原告的一个口头表述，从二个环节上进行了三次把关，看到这里我都很感动，我们的窗口工作人员从每个程序、每个环节上都做到了对每个企业高度负责的精神。如果没有这样的精神，做不到这种精细的程度。一审法院在判决书里认定："原告委托人领取执照时，经核对原告对该公司此次变更无异议，被告遂将变更后的《营业执照》颁发给原告委托人"。说明我们登记窗口的行政行为通过司法合法性审查，司法合法性审查应是我们依法行政工作精细化的标准。我在登记窗口工作中深有体会，无论我们窗口工作做的如何精细，解决不了当事人之间因经济利益产生的民事争议。本案从诉讼开始至上诉中院，我都具体告知原告委托人，应提起民事诉讼、应上诉、应申请中止等，我的以上观点被中院采纳，对此案作出中止审理的裁定。法制科的工作就是要为分局依法行政中产生的诉讼依法进行辩护，尽量使每一次诉讼的成本降到最低，让每一次诉讼都成为我们宣传工商法律、法规的舞台，让社会各界更加理解支持工商工作。

回首来路，品位关爱，展望未来，努力回报。在 26 年工商工作中我之所以能为局里做一些有益的工作，取得了一定的成绩和在坐各位领导和同事们的关心、帮助和支持是分不开的。在此，我表示衷心的感谢！谢谢大家！

2008 年 2 月 25 日

刘大姐
李老师：
　　接厚遨来信，知其发生婚变。
　　G 这人先天有其母遗传基因，后天随母长大完全
是其母丑恶灵魂的化身。在其母教唆操纵下，其叛父
嫌弃亚的所作所为，实在令人发指，各走各的路已是势所
必然。
　　生活证明，G 背信弃义，是一个不忠不诚不可靠
的人，弃而他犹如送瘟神，早送早受宁。
　　请慰劝厚遨理顺思路，振作精神，昂着阔步继
续前进，作生活的强者。
　　最为痛惜关注的是木子，她可能一时难以适应单亲
家庭的生活；需要妈妈和一切真正的亲人送温暖，共同
不遗余力照顾支持她身和心以双促康成长。
　　给厚遨母女回有一信，顺祝。
　　金风送爽，敬祝。
珍重！

　　　　　　　　　　　　　方生上 97年国庆节

恭颂老外婆福体康泰！

厚趣母女：

　　8月22日上午9时，我收到木雪妈妈厚趣的信和46页附件。不巧得很，几个钟头前的子宫我额部受伤正卧床治疗，左眼血肿伤闭。我努力睁开右眼足足用了三个小时把信读完。怒发冲冠，义愤填膺，此其时也。

　　信中说对了："选择　G　的时候，忽略了 G母的遗传基因。"是这样的，其子中其母毒害甚深，有其母必有其子。

　　这场婚变白爵看浮见的跳梁小丑是胡　　　；其实幕后早就隐实着第三者 G母那只黑手。据我所知，她一心想包办其子的婚姻，而且压根儿不放弃她那卑鄙的择媳要求。总之前，在其母策划下，就有一姑娘以恋爱关系作过其子大学毕业分配当诱饵的人梯，目的达到便一脚把她踢开了。而后既成事实的您，对她不唯命是从，不百依百顺，不是她心目中所需要的偶象，当然早迟要碰出火花；加以您的家人在某些方面，例如文化素养，又优越其母子，自惭形秽之余，总不想谦虚谨慎甘居下风。久而久之，矛盾越来只越多，她事，来高高在上，唯我独尊，心比天高，身为下贱。就她阴不阴，阳不阳，惯于心黑手辣耍阴谋，用心计的本性而言；一旦时机到来，万·拔出眼中钉，肉中刺是不会善罢甘休的。虽然在你们成婚后的相当长时期，她母子迫于经济处于困境，没有实力挑战，客足了其子在您们温暖的卵翼下养精蓄锐，丰满羽毛。然而江山易改，本性难移，小人得势猖狂。岂料近期其母昧良心发横财成了暴

第 1 页

婆，自然地吸引其子奔冷投昏，扭曲灵魂一迫倒血吧的怀抱；合谋演的这幕叛逆生父，摧残直至逼家妻女的伤天害理的家庭悲剧。虽经双李两家高知属亲人肝胆相照之教化挽救，亦难以感动其子摆脱其母影响而自知回头，皆因 G 多次推三阻四耍花招拒绝我和煜母女见面，所以才有92年中秋节前两天我闯入煜家作了不速之客。凭初次见面所感所闻，我当即予感其母稀手酿成婚变的危机已伏。唯恐火上浇油，我主动中断了和煜母女的接触。

　　罢了，罢了。往事重提伤怀头痛，还是面对孔实回着论事为好。陈迹一场凄风苦雨已经过去，至关重要的是本子的妈妈要善于自我调适心理，求得平衡。"祸兮福所倚，福兮祸所伏，"试想想，若一个同床异梦、貌合神离、心灵丑恶丑的生活同路人断然分手，又焉知非福？孔身说法介之方程式，势必又不得不联系追所说的G母基因。三十多年前，我正受冤枉惨酷迫害，G母迫不及待几天之内即起诉离婚，落井下石置我于死地。尽管当时我承受双重打击几乎致命，但今天看来，还得千谢万谢她也狠心下了毒手，太堆尚可死里逃生。如果我不早离开这个母框子，她物欲横流一心追求享乐蜕化，日以继夜给人以杀人不见血的精神折磨，那也许早就把我送入地府了。我怎能见到本子爱释一面？又哪有我今天去革命的幸运晚景？而今煜比我当年的厄运截然有所不同：其一，没有政治迫害的腹背夹击含冤莫伸；其二，爱女里竟向妈妈倒枓，这就足以释妈竹民。那就引颈高歌吧。"是非恩怨随风付诸一笑，悲欢离合本是人生唯
　　　　　　　　　　　　　　　　　　　　第 2 页

兔。""人生短短何必计较太多，成败得失不用放在心头。""风雨中，
这点痛，算什么，不要怕，至少我们还有梦。"歌毕，我尝试祝愿
强轻松起来，潇洒自如。

任何一对育儿夫妻的离异，都必须以牺牲自己亲生子女
的利益作代价来换取。 G 李是饱嗜之口难以咽下的苦辣
滋味片大的，可是他忘了本，居然疯狂地把其母及他的这笔债
又转嫁给木子，恶毒地在幼年时期即剥夺了她的完整的双
亲之爱，无论怎样刀上刀剁也是偿还不清的。亲爱的无辜
的木子爱孙，呵，希希读了您给法院叔叔阿姨的信，不禁
鼻子一酸，老泪夺眶而出。您得记住您有一个怎样的亲爷
爷，真正的爷爷，他义正严词声讨造成连终身不幸的极端利
己主义者。在世一天，声讨一天。

可想滑到，老外婆和您的双亲迁到如此忘恩负义，家为
不幸的麻烦是很难过的。想不到农夫怜蛇反被蛇咬。
他们年事已高，经不住过度的刺激，要精诚宽慰他们善
保福体，把伤感减轻到最小程度。尚得青山在，不怕没
柴烧。

厚遐永远是木子的妈妈，我永远是木子的爷爷。"永
远"等于"永远"，构成敗理逻辑上的恒等式。您和木子，我
和木子的"永远"内涵，绝不因法律竹除夫妻婚的而消失。
血缘只能给人以遗传定位；无论血缘有非血缘人际关系的
协调，都取决於后天彼此的心心相印。如您所知，我是
第3页

G之生父，他始终从头到脚要把李家血洗抽撰干净。如此我们有什么父子之亲之情可言呢！今后如蒙不弃，有生之年，我们之间的亲情力如既往。照样有事相呼相应，有机会互探互望。只不过我无权无势，难添锦上之花而已。非正式用名，我乐于为您择为"木子"，因为合起是个"李"字。由此放射出地是真正的双李家庭而非高家后代的光芒。我们都姓李，是个很好的巧合。不说有过继回亲一事，至少也是家门。希望您不要再称我"方生长辈"，称"李子叔"，明确表明限制忱想一辈就行，或者以平辈忘年之交慢称"方老""老方"亦可。

G重庆之行所形成的认根认祖回家的假象，欺骗了我和我的亲人们的感情，特别与近九十高龄的老奶奶及历至今都还念叨怜惜他是唯一一个吃了父母意婚苦头的孙子。当我们很快发现他在其母压力下心怀鬼胎，又翻脸六亲不认时，确留重於惩游乃警默化促进他革面洗心。再次弥合这个绝灭人性的裂痕，孔在我们枉费心血的殷殷之望，已随着婚变的发生而划上句号。吹了，兜了，蒜了。

这封信孔在或构适当时机一定屁屁本本和木子见面。但愿强加给您母女的心灵创伤很快康复！

木子的爷爷李同珉（方生）
香港回归与国庆节

第4页

【附件五】

个人陈述

我是一个既感性又理性的人，源于父母的遗传基因，我也是一个信仰终身学习和实践的艺术家。艺术是没有国界的，我相信用作品说话，我丰富多彩的东方与西方艺术实践和学习的经历，会在我的作品里自然流淌，流淌出独特的多元的跨界的艺术视觉和艺术表达。

一、背景文化

我出生在中国四川的一个知识份子家庭。父亲是西南交通大学教授，中学时期由于数学成绩优异，获得《美国罗斯福数学奖》；母亲热爱文学，她创作的歌剧《保管员之歌》在重庆市多次上演，深受好评。女儿在美国留学、工作了 7 年，从大学本科读到硕士，到取得美国注册会计师执业资格证书。我感受到更多的不仅是孩子学业上的进步和成就，而是认知、感知到关爱残疾人、关爱动物、追求人生的意义等。

二、入世的身体，出世的心灵

我是一个喜欢安静的人，画画和读书占据了我的大部分时间，我大多数时候处于与自己心灵的对话状态。

我做过的工作可谓丰富多彩：做过广告、包装、商标、服装设计；做过美术教育、法律等工作。有一种深情叫坚守，在几十年的工作中，不论工作有多忙，只要有时间，我都会用来画画的。作为精神产品的生产者，需要实践、理论、工作、生活的不断积累，其作品才会有文化的内涵，精神的沉淀。

我喜欢美丽的色彩，唯美的形象和时尚的元素，追求大胆的跨界。我感觉画画时，不是在一个平面，而是在一个时空中间，让自己的感觉，在时空中穿越，在美丽的色彩和光线的时空中穿越……比如我的油画作品《灯红酒绿》：当我走进酒吧，看到彩灯不停的旋转、闪烁，对人视觉神经的刺激；较强的音乐，对听觉神经的刺激；烟酒美食，对胃觉神经的刺激；最后导致对大脑中枢神经的刺激，在酒精的作用下开始穿越：男人到女人—活人到死人—动物到植物……

我的另一件油画作品《蒙娜丽莎 2018 维纳斯：以各自原有的尺寸在 362 年后合而为一》由于女儿喜欢《蒙娜丽莎》，这张画就挂在她的卧室里，我与女儿一起聊天时，看着这张画，问女儿：蒙娜丽莎是个女人吗？不是；蒙娜丽莎是个男人吗？不是；蒙娜丽莎是个人吗？不是；蒙娜丽莎是个神吗？不是。这时女儿突然说到：妈妈，蒙娜丽莎什么都是。我说，那就对了。

圣母蒙娜丽莎：这张雌雄同体，天人合一的脸，穿着件黑袍式的衣服，我认为不理想；由于画家达芬奇是一个左撇子，他画的蒙娜丽莎，应该借助镜子的观看才是矫正的视觉。

爱神维纳斯：对镜而卧，小爱神丘比特为她扶镜观照。这张画在画眼的地方，在画面中心的位置，出现一张走在大街上随处可见的平庸的脸，与维纳斯美丽线条的冰肌玉肤的女人体不匹配。有其形就应该有其神，女爱神的脸，应该是一张有丰富内涵的深邃的脸。

我用蒙娜丽莎作为画眼，蒙娜丽莎这张圣母的脸，与维纳斯如此唯美的女人体才匹配，这才是她们完美的状态。由于我对她们的理解和热爱，使这 2 张画，从完美的矫正的视觉，从外形到内在，使之形神合而为一：《基督教歌曲：合而为一》我赋予这 2 张画新的艺术生命（寓意将维纳斯比作基督教中的圣母）。

油画作品《第二次文艺复兴"天梯"：宇宙万物为一体》这幅画在横线上连接的是：第一次文艺复兴的人和神 2 个渊源。

希腊艺术开始时，非常明确地继承过埃及艺术的一种方法：以尺度来规范和建造艺术的一种方法、一种方式，但是这次的来源曾经历过一次本质的改造。

第一次文艺复兴使希腊（人）和希伯来（神），这 2 个渊源合为一体，在艺术中达到融合。

《戴红头巾的男子》是油画的发明者杨.凡.爱克的作品，可能是自画像（表现人的作品）；在色彩上呼应画面主色调的红色。

　　罗马四喷泉圣卡罗教堂（它在世界是独一无二的）信奉三位一体教理的修会（表现神的作品）；在色彩上呼应画面主色调的蓝色。

　　这幅画在纵线上连接的是：第二次文艺复兴的人、神和宇宙等渊源。法老（斯芬克斯）在自己的金字塔面前，权威体现为狮身，智慧呈现为自己。《金字塔铭文》："为他（法老）建造起上天的天梯，以便他可由此上到天上。"

　　火药和焰火是中国的发明，蔡国强的"天梯"与埃及艺术中金字塔的天梯走到一起，大道至简，殊途同归。人类从金字塔的天梯开始，走了 4 千多年，走到银河系、外星系看到的是：一个地球、一个人类，没有疆界，我们与宇宙是一体的。

　　我以两次文艺复兴的纵横交错，畅游宇宙浩瀚的星空，无限的维度，表现人类的精神园林，文明的渊源，历史的足迹。用最大的跨度，包含一定的思想领域及范围，对所有的问题触及并试图对它解释，他们都是为宇宙而作的艺术。

　　人类社会一些精神上的革命，往往是从艺术中先行进行的，然后再扩展到其他的方面。

14…16 世纪文艺复兴的任务：1、释放人性；2、崇尚自然。

在现代艺术、视觉艺术、世界性艺术里，把所有的艺术传统、绘画传统都推倒了，人性得到了完全的、彻底的释放。

科技的快速发展，人类社会在生活层面的问题基本上解决了，但精神层面、意识层面的问题越来越多，人们对于心理学、心理疗愈的需求越来越大……物质与精神，博爱与地球，以及人类与宇宙关系的重新构建等，将引导世界进入充满光和爱的未来，进而贡献世界文化，实现宇宙的梦想。

《萨莫色雷斯岛的胜利女神像》是一尊大理石雕像（约公元前 190 年）我用"太极图"的"阴阳"绘画语言来表现她。

她的头永远的失去了，只有中国表达，才能使她的头在意境中得之。我选用中国的象形文字"艺"字，使她的头部产生，笔略到而意已俱的视觉艺术心理"幻觉"。

我们今天看到的《胜利女神像》是丧失了她

原有的用途后，因她形式的美丽，被作为艺术品保存了下来，这是我选用"艺"字的第一层含义；第二层含义是"艺"字的演变有多种形式，我选用一个男人（亚当）在伊甸园中，栽"知识之树"的《圣经》题材，赋予他们《生命之歌》的主题。他们仿佛是浓密丛林中的阿波罗与维纳斯，保持着人类始祖理想的美。使这件"无头而不失其美"的雕像作品，重新以完美的形象表现出来：一个具体的形象与一个抽象的文字，对比产生从内容到形式的完整美感"高贵的单纯和静穆的伟大"，他们迎风而下，走向我们。

三、一切可以被怀疑，一切必须被怀疑

我拟申请法国、美国、意大利、英国等国家学习油画等艺术，追寻文艺复兴的脉络。通过系统的学习现代绘画艺术 MFA/DFA，使我的艺术从理论到实践，从东方到西方，进一步的提高。我拟在学习期间，继续探讨现代艺术的革命性和开创精神；更接近艺术本质的艺术；艺术的潜在功能；通过艺术追求人与人之间相互欣赏的可能性等方面有所建树。

　　美国、法国、意大利、英国等国家的大学对国际学生的语言要求：

　　a、提交在该国生活 2 年的材料，可以免语言成绩；

　　b、读 2 年语言预科。

　　我的年龄偏大，但我的艺术领域广泛：拟在油画、中国画、现代设计等视觉艺术领域实验：艺术品、广告、装置、建筑、影视等平面的、立体的、动态的……无限可能的艺术作品。如果我能遇到会讲中文的导师，他（她）又愿意录取我，我愿意给学校、导师多画画、多实验各种艺术作品，获取全额奖学金，完成学业。

【附件六】

<hr>

爱自己的冥想：来自灵魂沟通阿卡西纪录

爱上你自己，肯定之：现在让我们加深与自己的联接。你可以用舒服的方式来进行。请将你的双手轻轻的，放在心轮的位置，也就是胸口的地方，跟着我一起，对着自己的身体说：我承诺你，你是最重要的！是的，请再一次的对着自己的身体说：我承诺你，你是最重要的！现在你可能会有一股强到的感动，从体内冒出来，那是你的身体在与灵魂呼应的感动，那是你的身体在回应你，那是你的内在力量，请记得你给予自己的承诺：你是最重要的！

现在再请你用双手轻轻的环抱住你自己，当你这么做的时候，你可以感受到一股无比的爱与温暖，在你的身体流动着，你感觉灵魂与身体交融在一起。现在请跟着我，对着住在心轮里的内在小孩说：我承诺你，你是受到关爱的，我会给你无比的爱与温暖。是的，我承诺你，你是受到关爱的，我会给你无比的爱与温暖。现在你可能又发出了另外一股深度的感动，从体内冒出来，那是你的身体在与灵魂呼应的感动，那是你的身体在回应你，那是你的内在力量。请记得，你给予自己的承诺，你会关爱自己，会给自己无比的爱与温暖。现在你可以放松你的双手，用其它舒服的方式来进行。

自己是一种生命神圣的自我展现，你热爱并接受现在的自己，请在心里对着自己说：我是冷静的，我要让智慧、勇气以及自我价值展现出来。我很有安全感的活着，我接受生命中一切的欢乐，我对生命里程有信心。我释放不属于爱的一切，我想要做的每一件事情，都有充足的时间与空间。我从容不迫，而且自在的排除我生命中再也不需要的东西。我相信生命的里程，我相信我所需要的总会被提供，我有着充分的安全感。我对过去释怀，我的心中有爱，我可以自由的前进着。我热爱并认同自我，生命支持和眷顾着我，我轻松自在的回别旧有慈祥，迎接新事物，我相信在我的生命中总会正常运作。我是平和自在的，我是决策者，我以爱相随，并且支持自己，我爱自己并认同自己。我从容的吸收一切我需要知道的，并且以喜乐的心情，释怀过去，要相信让过去成为过去是简单的，我自由轻松的释放旧有事物，并快乐的迎接新事物。

我知道我是重要的，我用爱和欢乐照顾并滋养自己。我允许他人有自由，做他自己，我原谅别人，我原谅自己。我自由的去爱和享受生活。在我的世界里的每一部分，我都能够自由的运转爱和欢乐。我热爱生命，当我释怀过去时，新鲜与活力便注入了我的生命当中，我让生命的泉源自由的流畅，我相信生命的里程。

我是满足的，我愿意饶恕过去。超越父母的限制是安全的，我能够轻易的原谅爸爸，我跟爸爸都被释放了，我能够轻易的原谅妈妈，我跟妈妈都被释放了。我乐意生为一个男人，或者一位女人，我也喜爱当一个男人或者一个女人，我爱我的身体，我创作我所有的经验。我知道，我拥有力量，我是平和可爱的。我选择用爱、喜悦与从容，来处理我的生活经验，享受我自己的身体是安全的。我愉快的释放过去，生活是甜美的，我也是甜美的，我放松而且顺着流走。我爱我自己，我肯定我自己，我的心随着爱的节奏跳动。我让爱与喜乐流过我的身心，去经验喜乐。我自由而完全的呼吸，我相信生命的过程，我用爱心倾听我自己的声音。我在任何的处境都感到平安，我接纳自己所有的面相，我知道我所有的需要与渴望都会被实现。我的生命有宇宙的领导，而且都会走在最正确的方向上。我是有弹性而且随遇而安的，我用信心和喜乐往前走，我相信我未来的一切都会很美好，生命之门为我敞开：慈爱、祥和、平安、喜乐都是我所认同的。我用完美平恒的心态接受生活，我完全活在爱与喜悦当中，我拥有平静的心灵，我宁静而且祥和的过着每一天。我从容弹性的去看一个异体的各种面像，我认同处理和看待事情有不同的方式，我明白自己是在永恒的旅程当中。我认同我的直觉能力，在创造的过程当中，我是平和自在的，我自由轻松

的平恒我的活力。我展现生活的喜悦，我让自己
完全的享受每一天的每一个时刻，我确定我会获
得更大的利润，我要为自己而活，我迎接更深沉
的平静，现在的我信赖生命的里程。

　　我知道生命之门为我敞开，我怀抱着爱，勇
敢而挺直的站起来。我被生命所支持，我选择让
我的经验成为喜悦，而且是充满爱的。我感觉到
做自己真的很安全，过去的种种都可以被原谅，
此刻的我是自由的。我信赖我内心的声音，我是
有智慧的，我忘掉所有的限制，我自由的成为我
自己。在我的生命当中，我现在能够有意识的去
创造欢喜的经验，现在我以爱心从容的去追求我
所想要的，我敞开心唱出爱的喜悦，我感谢自己
的身体！我感谢自己的灵魂！我爱你们！

2018.10.8.